EINDELIJK GELUKKIG

Omslag: CO2 Premedia bv, Amersfoort

Binnenwerk: Mat-Zet b.v. Soest

ISBN 978-94-90763-35-0

Amber Trilogie 3

© 2011 Uitgeverij Cupido

Postbus 220

3760 AE Soest

www.uitgeverijcupido.nl

http://twitter.com/UitgeveryCupido

http://uitgeverijcupido.hyves.nl

Anita Verkerk

Eindelijk Gelukkig

Romantische familieroman

Uitgeverij Cupido

DAG ALLEMAAL,

Eindelijk gelukkig is het laatste deel van een serie van drie boeken over het turbulente leven van Amber Wilkens en haar gezin.

Net als Amber na een roerige scheiding haar leven weer een beetje op orde denkt te hebben en zich in alle rust wil voorbereiden op de geboorte van haar nieuwe baby, begint haar oudste dochter Noortje te puberen...

In deze reeks verschenen eerder *Bedrogen liefde* en *Een nieuwe toekomst.*

Natuurlijk kun je *Eindelijk gelukkig* lezen, zonder dat je ook maar een letter van de voorgaande boeken hebt gezien.
Maar ik denk dat je het meest van dit nieuwe meeslepende verhaal over Amber Wilkens zult genieten, als je weet wat er allemaal aan voorafging.

Meer weten over mij en mijn andere boeken?
Neem dan een kijkje op mijn website.
www.anitaverkerk.nl

Scholieren vinden daar informatie voor een boekverslag of werkstuk.

Veel leesplezier met *Eindelijk gelukkig*!

:-) Anita

Voor Reinout en Marcia

PROLOOG

"Mama!" gilde een meisjesstem door de stille nacht. "MAMA!"
Er ging een schok door Amber Wilkens heen en ze was op slag
klaarwakker. Dat was Noortje! Die voelde een epileptische aanval aankomen! Ze moest meteen naar haar dochter toe!
In ijltempo sloeg Amber het warme dekbed van zich af, maar snel
uit bed springen was er niet meer bij. Ze draaide zich moeizaam op
haar linkerzij en terwijl ze haar enorme buik met één hand stevig
vasthield, drukte ze zich op haar andere elleboog omhoog.
Er ging een vlijmscherpe steek door haar ribben en zachtjes
kreunend schoof ze uit bed tot haar voeten het ijskoude zeil raakten.
"MAMA!"
"Ik kom al, Noortje. Mama komt eraan!" En wat zachter liet ze
erop volgen: "Schreeuw nou niet zo. Straks wordt Reinier ook
nog wakker."
Dapper worstelde ze zich uit bed en ging staan. Vrijwel meteen
flitste er een heftige kramp door haar buik en Amber kreunde opnieuw. Die oefenweeën werden steeds vervelender. En die dikke
buik was ze onderhand ook ontzettend zat! Maar ze moest nog
minstens vier weken totdat...
"MAMA!"
"Ja, ja, ik kom al," prevelde Amber. "Stil nou maar. Je maakt iedereen..."
De kramp werkte zich naar een hoogtepunt. Amber hapte naar
adem en zakte terug op de rand van het bed.

"Lukt het meisje?" vroeg een vertrouwde donkere mannenstem achter haar.

"Een oefenwee," hijgde Amber. "Het trekt alweer weg."

"MAMA!"

Het bed kraakte en er klonk een schuivend geluid. "Ga maar weer liggen, Amber. Ik ga wel even naar Noortje toe."

"Nee Tom, dan heb ik toch geen rust. Ik… Het gaat alweer." Amber hees zich moeizaam overeind, legde haar armen steunend om haar enorme buik en schuifelde zo snel als ze kon naar Noortjes kamer.

Daar knipte ze haastig het licht aan. Heel even stond ze in het felle schijnsel verwoed met haar ogen te knipperen, maar al gauw kreeg ze een duidelijk beeld van de gezellig ingerichte meisjes-slaapkamer.

Haar blik schoot paniekerig naar de grond, maar er lag geen stuiptrekkend en naar adem happend Noortje voor het bed, zoals ze had verwacht.

Integendeel.

Noortje zat rechtop in bed en keek haar moeder met een gemaakt lachje aan. "Ik heb dorst," zei ze.

Amber wist niet wat ze hoorde. "Wát zeg je?"

"Ik heb dorst," herhaalde Noortje. Het klonk uitdagend.

"Ach, kom nou toch, Noortje! Moet je me daar nou echt voor wakker maken? Ik slaap al zo slecht."

Noortje knikte. "Ik heb toch zeker dorst." Ze sloeg haar armen strijdlustig over elkaar. "Papa brengt altijd water als ik hem roep."

Er ging een golf van ergernis door Amber heen. "Je kunt best zelf even naar de badkamer lopen om water te drinken."

"Dat mag niet van papa. Anders krijg ik een aanval en dan val ik van de trap."

Amber greep zich aan de deurpost vast. "Daar hebben we een hekje voor gemaakt, dat weet je best."

"Dat is voor baby's," zei Noortje minachtend. "Ik ben al groot." Amber haalde diep adem en wreef zachtjes over haar buik die met de seconde harder begon aan te voelen. "Je bent inderdaad al groot en daarom haal je voortaan zelf maar water." Amber liet de deurpost los. "Mama gaat weer naar bed en jij haalt het niet in je hoofd om me nog een keer voor dit soort onzin wakker te maken."

"Jij vindt mij niet meer lief, hè?" vroeg Noortje hatelijk. "Jij vindt het nieuwe baby'tje veel liever dan mij en Reinier."

"Oh Noortje! Waarom zeg je dat soort rare dingen? Je weet best dat ik heel veel van jullie hou."

"Nietes!" Noortje schudde heftig met haar hoofd. "Papa zegt het zelf."

"Papa kletst uit zijn nek," bitste Amber fel. "Papa wil graag dat wij ruzie krijgen en dat jullie bij hem komen wonen."

"Maar dat wil ik ook. Ik wil ook bij papa wonen." Noortje zette haar handen strijdlustig in haar zij. "En Reinier ook. Papa is veel liever dan jij. En Rosalinde is ook hartstikke aardig."

Amber kneep haar ogen tot verbaasde spleetjes. Noortje had een laaiende hekel aan de nieuwe wettige echtgenote van haar papa. Tenminste, dat was tot nu toe altijd het geval geweest.

"Hoe kun je Rosalinde nu opeens aardig vinden?" vroeg Amber en ze hoorde zelf hoe boos haar stem ineens klonk. "Je spuugt altijd in haar koffie en een paar weken geleden heb je nog poep in haar borstel gesmeerd, omdat je haar zo'n verschrikkelijke trut vond."

En dat was een heel drama geworden, waarbij Vincent zijn dochter uiteindelijk een flink pak rammel had gegeven. Het arme kind had de striemen op haar billen gehad.

"Dat was toen," zei Noortje stuurs. "Van Rosalinde mag ik lekker wel make-up."

"Wat? Make-up? Maar Noortje, meisjes van twaalf hebben…"

"Ik ben al bijna dertien!" gilde Noortje onbeheerst. "Ik wil bij papa en Rosalinde wonen! Daar is het fijn!"

Amber wist niet meer wat ze nog moest terugzeggen en wreef vermoeid over haar pijnlijke buik. Die ellendige Vincent! Bleef hij nou bezig om de kinderen tegen haar op te stoken?

Nog voor de scheiding er officieel door was, had haar gemene ex-echtgenoot er alles aan gedaan om haar uit de ouderlijke macht te laten ontzetten. Maar het was hem niet gelukt! Knarsetandend had Vincent moeten aanhoren dat de rechter Noortje en Reinier aan háár toewees.

Amber zuchtte diep. Dat was een nare en heel spannende periode geweest, waar ze nog steeds nachtmerries van had. Als Tom er niet geweest was, had het allemaal nog weleens heel anders af kunnen lopen.

Amber rilde van afschuw. Als Tom haar niet had geholpen, was ze haar kinderen definitief kwijt geweest. Dat was wel zeker.

Maar Vincent was een vreselijke doordrammer en hij was eraan gewend om altijd alles te krijgen wat hij wilde...

Hoewel het al een poosje redelijk rustig bleef aan het front, was ze heel diep in haar hart nog steeds ontzettend bang dat hij het er niet bij zou laten zitten. En ja hoor, net nu zij haar leven weer een beetje in het gareel dacht te krijgen, begon Noortje te puberen.

Natuurlijk was het heel normaal dat een puberdochter zich vooral tegen haar moeder wilde afzetten en haar vader bij wijze van spreken op een glanzend voetstuk plaatste, maar dat kwam nu allemaal wel heel slecht uit. Die ellendige Vincent greep deze nieuwe kans met beide handen aan en hitste Noortje ongegeneerd tegen haar op.

Dus mocht Noortje van haar vader wél naar dubieuze schuurfeesten, terwijl Amber al rillingen kreeg als ze het woord schuurfeest alleen maar hoorde.

En terwijl Noortje van Amber altijd klokslag halftien 's avonds thuis moest zijn en liever nog een beetje eerder, vond Vincent het prima als ze pas om twaalf uur aan kwam zetten.

Twaalf uur 's nachts voor een meisje van nog geen dertien! Dat was toch onverantwoord!

Natuurlijk moest een moeder haar kinderen niet welbewust 'klein' houden en natuurlijk gebruikte ze zelf ook make-up, maar om daar al zo jong mee te beginnen was pure onzin.

En die afschuwelijke schuurfeesten... Daar liepen allerlei ongure types rond die er vooral op uit waren om suffe meisjes te versieren. En nou wist ze ook wel dat de jongelui van tegenwoordig veel makkelijker waren als het om vrijen ging en dat je dat als moeder waarschijnlijk toch niet kon tegenhouden, al deed je nog zo je best… maar dat betekende nog niet dat een meisje van bijna dertien daar al aan toe was.

Amber beet op haar lip. Het ontbrak er nog maar aan dat die achterbakse Rosalinde met Noortje naar de dokter zou stappen voor de pil. Daar zag ze haar eigenlijk best voor aan.

Rosalinde interesseerde zich niet voor Noortje. Die was vooral druk met haar eigen pasgeboren baby. Dus moest ze Noortje de komende periode maar extra in de gaten houden en…

"Papa is veel liever dan jij!" herhaalde Noortje en haar hatelijke stem bracht Amber weer naar de werkelijkheid terug.

"Papa wil alleen maar ruzie," zei Amber zacht.

"Nietes, dat wil jij! Jij hebt papa bedrogen!" Noortje keek haar moeder met fonkelende ogen aan. "Anders had papa nog bij ons gewoond."

"Maar Noortje! Wat zijn dat nou voor praatjes? Vincent houdt alleen maar van Rosalinde. Niet van mij. Hij heeft nooit van mij gehouden. Ik was…"

Ik was alleen maar zijn nieuwste verovering op het schoolgala. Het zoveelste kruisje op zijn lijstje van 'onnozele-domme-trienen-die-ik-mijn-bed-heb-ingekletst'. En tien jaar later is hij alleen maar met mij getrouwd om mij mijn kinderen af te kunnen pakken.

Maar dat kon ze natuurlijk niet hardop tegen haar dochter zeggen.

Er kwam een nieuwe kramp opzetten en Amber wreef met een pijnlijk gezicht over haar buik.

"En jij houdt alleen maar van het nieuwe kindje en niet van ons!" schetterde Noortje boos.

"Hoe kom je daar nou toch bij? Ik hou ontzettend veel van jullie en…" De kramp werd zo heftig dat Amber niet verder kon praten en ze pakte haar buik met twee handen beet.

"Zie je nou wel dat je het nieuwe kindje veel liever vindt!" brulde Noortje. "Je bent haar aan het aaien en ik mag nooit iets."

Amber had geen energie meer om Noortje terecht te wijzen. "Ik heb pijn in mijn buik," bitste ze. "We praten hier morgen wel verder over. En nu ga jij direct weer onder de dekens en slapen."

Maar de tijden dat Noortje gedwee deed wat haar moeder zei, waren voorgoed voorbij. Met een woest gebaar sloeg ze opstandig haar dekbed helemaal van zich af en gleed uit bed. "Ik heb dorst en ik moest van jou zélf water gaan drinken."

Al mopperend glipte ze langs Amber heen en stampte naar de badkamer. Daar gooide ze de deur met een klap achter zich dicht en schopte daarna met veel lawaai een emmer om.

Amber zakte kreunend langs de deurpost naar de grond. Waarom deed haar buik zo'n vreselijke pijn? Het zou toch niet…

Op de overloop hoorde ze voetstappen en er werd op de badkamerdeur geklopt. "Waar ben jij mee bezig, Noortje? Doe eens wat je moeder zegt. Kom eruit en hup naar bed met jou."

"Jij hebt niks over mij te zeggen!" gilde Noortje. "Jij bent mijn vader niet. Ik wil bij mijn eigen vader wonen!"

"Als je er niet heel gauw uit komt, maak ik de deur open!" riep Tom terug.

"Ik zit op de wc!" brulde Noortje. "Ik ga tegen papa zeggen dat je binnenkomt als ik op de wc zit! Dan moet je lekker naar de gevangenis. Daar zorgt papa wel voor."

Amber beet op haar lip en kwam zachtjes kreunend weer overeind. Noortje werd compleet onhandelbaar. Was dat nou echt normaal voor een puber? Of was er iets anders met haar aan de hand?

Ze liep langzaam naar de badkamer, waar Tom een beetje besluiteloos voor de deur stond.

"Laat haar maar," zei Amber. "Wij gaan gewoon weer naar bed. Ze zoekt het maar uit. Ik heb even helemaal geen zin meer in Noortje."

Met zijn mooie staalgrijze ogen keek Tom haar broedend aan en zijn mond vertrok in een ongedurige beweging. "Dit kunnen we toch niet laten gebeuren? Zo'n kind dat de vloer met ons aandweilt?"

Amber greep opnieuw naar haar buik. "Laat het maar even zitten, Tom. Ik ga de verloskundige bellen. Denk ik. Ik heb barstende buikpijn. Dit is niet normaal zo."

"Kun je dan niet beter even de tijd tussen die weeën opnemen? Volgens mij…"

Maar Amber luisterde niet naar Tom. Ze strompelde de brede trap af naar de woonkamer, waar ze haar mobieltje op de tafel had laten liggen.

Terwijl ze naar het nummer van de verloskundige scrolde, echoden de bronzen slagen van de grote Friese staartklok door de hal en Amber telde automatisch mee.

Een, twee, drie…

Stilte.

Drie uur.

Midden in de nacht...

Amber aarzelde. Viola van Horsten werd vast niet blij als ze haar nu wakker belde. Ze moest haar mobiel maar gewoon mee naar de slaapkamer nemen en als het echt niet meer ging, kon ze altijd nog bellen.

Halverwege de trap werd Amber overvallen door een nieuwe heftige kramp en ze zakte steunend op een tree. Ze kon haar hoofd nu wel weer in het zand steken, zoals ze haar hele leven al deed, maar dit waren natuurlijk geen oefenweeën meer. Dit was het echte werk. En als ze nu niet als de wiedeweerga de verloskundige belde, moest ze het straks in haar eentje opknappen.

Tenminste, ze had geen idee of Tom erg nuttig zou zijn. Hij was heel lief met haar meegegaan naar zwangerschapsgym, maar het was haar al snel duidelijk geweest, dat dit soort toestanden niet bepaald zijn ding waren. Tijdens de verplichte zuchtrondjes had hij zijn lachen bijna niet kunnen inhouden.

Hè, waar was ze nu weer mee bezig? Dacht ze nou heus dat Tom haar uit zou lachen als ze lag te bevallen? Wat een flauwekul. Tom was een prima vent die haar zo veel mogelijk steunde.

Terwijl de baby niet eens van hem was, maar van Vincent...

Alleen wilde Vincent dat niet weten. Vincent was er heilig van overtuigd dat zij een minnaar had genomen, omdat hij haar zélf immers al die tijd met Rosalinde bedrogen had. Een echt geval van de bekende waard die zijn gasten niet vertrouwde, omdat hij zelf ook niet deugde.

Amber kreunde. De kramp werd almaar heftiger en opeens voelde ze iets warm tussen haar benen doorsijpelen.

Nee!

Dat was vruchtwater!

Ze moest nu echt meteen de verloskundige bellen.

En Jade. Anders was er niemand om op Noortje en Reinier te letten.

Ze greep kreunend naar haar buik.

"Gaat het, Amber?" vroeg Tom boven haar.

"Nee, eigenlijk niet. Ik denk dat de vliezen zijn gebroken, ik verlies vocht."

Tom was in twee stappen bij haar. "Ik bel de verloskundige wel." Hij pakte het mobieltje van haar af en drukte resoluut op het knopje.

Tom had er geen enkele moeite mee om Viola van Horsten uit haar bed te trommelen. Waarom was zij, Amber, toch altijd zo besluiteloos? Straks kreeg ze door al dat getreuzel haar baby hier op de trap.

Maar dat was nog altijd beter dan in zo'n stom ziekenhuis met al die nare luchtjes van dood en verderf. Het was heerlijk dat ze nu lekker in haar eigen vertrouwde omgeving kon blijven. Met alleen een verloskundige en Tom.

Als ze nog terugdacht aan de geboorte van Noortje en Reinier...

Toen had ze in die verloskamer echt te kijk gelegen voor een halve klas medische studenten die maar ongegeneerd binnen waren komen zetten. En zij had de kracht niet gehad om er wat van te zeggen.

Nee, voor haar geen ziekenhuis meer, maar gewoon lekker thuis zonder al die pottenkijkers.

"Mevrouw Van Horsten?" hoorde ze Tom zeggen. "U spreekt met Tom Enzinga. Ik ben de partner van Amber Wilkens. Amber heeft zware weeën en ze verliest vruchtwater. Ik denk dat het verstandig is... Wat zegt u?" Tom was even stil en luisterde ingespannen.

Amber voelde de kramp wegtrekken en keek naar de adembenemend knappe spetter waar ze nu alweer zo'n vijf maanden haar leven mee deelde. Ze was nog steeds smoorverliefd op hem. Op zijn prachtige afgetrainde lichaam dat er geweldig uitzag in een blauw mouwloos T-shirt met een bijpassende boxershort. En op zijn blonde haren en zijn ruige mannelijke gezicht met de heldere staalgrijze ogen, die nu met een bezorgde blik in de verte staarden.

"Amber mag niet meer lopen? Maar ze zit op de trap... Oké, oké, ik zal ervoor zorgen dat ze op bed komt. En ja, ik denk ook aan dat kraammatras." Hij hield het toestel een eindje van zijn oor en wilde het net uitzetten, toen hij blijkbaar nog iets hoorde.

"Wat is er met het bed?" vroeg hij. "Of dat op klossen staat? Nee, daar zijn we nog niet aan toegekomen. Bovendien wilde Amber het immers op een baarkruk proberen, dus als u die mee wilt nemen, graag."

Amber greep naar haar buik. "Als ze nog lang wacht, hoeft het al niet meer," prevelde ze kreunend.

"Nee, ik krijg dat bed nu echt niet meer op klossen, mevrouw," zei Tom in de telefoon. "En wilt u nu alstublieft opschieten? Anders is de baby er al." Hij zette de mobiel resoluut uit, stak hem tussen de band van zijn short en keek naar Amber.

"Het is beter dat je niet te veel meer beweegt. Ze had het over een navelstreng die dan verkeerd kan schieten of zo. Ik til je wel even op."

"Nee, wacht even. Even deze wee…"

"Mama!" klonk het opeens boven aan de trap. "Mama!"

"Ga naar bed, Noortje!" riep Tom. "De baby komt eraan. Amber moet nu…"

"Mama! Ik voel me raar! Ik wil mama!"

"Ze krijgt een aanval," kreunde Amber paniekerig. "Ze heeft zich weer veel te druk gemaakt. Straks valt ze nog van de trap." Ze haalde diep adem en brulde zo hard als ze kon: "Pak je zakdoek, Noortje! Ga liggen!"

"MAMA! Help!"

Er klonk een doffe klap van een vallend lichaam en daarna werd het angstwekkend stil.

"Oh nee, Noortje toch!" Alber wilde kreunend overeind komen, maar sloeg toen dubbel van de pijn.

"Ik ga wel. Blijf stil zitten, jij." Tom rende met twee treden tegelijk naar boven.

"Ze moet een zakdoek in haar mond!" brulde Amber. "Anders bijt ze straks haar tong…"

"Is al geregeld," riep Tom terug. "Maak je maar geen zorgen, ze knapt zo wel op."

Een verdieping lager klonk er een hoop gestommel en gebonk bij de winkeldeur, die toegang gaf tot de ouderwetse wolwinkel vol klosjes garen, lapjes stof en bolletjes katoen. Die zaak had ze vorig jaar, samen met het woonhuis en een flink bedrag geld op de bank, van haar gestorven pleegmoeder 'tante Wies' geërfd.

Tante Wies was helemaal geen familie van hen, maar gewoon een buurvrouw waar Amber en Jade als peutertjes graag gingen spelen. Na de tragische dood van hun ouders wilde geen enkel écht familielid voor de twee kleine weesmeisjes zorgen en toen had tante Wies hen liefdevol in huis genomen.

BONK, BONK, BONK!

Amber hapte naar lucht. Daar had je verloskundige Viola van Horsten en er was niemand om haar open te doen. Ze ging wat rechter zitten en vroeg zich af of het veel kwaad zou kunnen als ze nu naar beneden zou strompelen.

In dit huis lag het woongedeelte met de keuken op de eerste verdieping boven de winkel. Terwijl de slaapkamers en de badkamer op de grote zolder waren.

Hè, het had haar nooit uitgemaakt dat ze boven woonde, maar nu was het erg lastig. Hoe kon ze nu aan Viola laten weten dat de sleutel van de achterdeur in de plantenbak tussen de rozen was verstopt?

Tom had haar mobiel meegenomen, dus haar even bellen kon ze ook niet.

Het gebonk werd heftiger.

Hè, wat moest ze nou doen?

De verloskundige had zich duidelijk ontzettend gehaast om hier snel naartoe te komen, dan kon ze het mens toch niet voor de deur laten staan? Ze had haar ontzettend nodig!

BONK, BONK, KNAL!

"Ik doe wel open, mama," zei opeens een jongensstem boven haar.

"Reinier? Ben je wakker?" vroeg Amber verbaasd. Reinier sliep altijd als een blok, je kon gerust een kanon naast zijn bed afschieten, hij merkte er niks van.

Reinier gaapte hartgrondig. "Tom heeft me wakker gemaakt. Ik moest jou helpen, want Noortje heeft een aanval."

BONK, BONK, KNAL, BAM!

"Nou, ga maar gauw opendoen dan. De verloskundige wordt nu wel erg ongeduldig." En dat vond Amber eigenlijk best raar. Het mens hoefde toch niet zo'n herrie te maken?

Reinier glipte langs zijn moeder naar de hal en ze zag zijn blonde kuifje in het trapgat verdwijnen.

BONK, BONK, KNAL, KLAP, RINKEL!

Hoorde ze daar echt glasgerinkel? Dat kon toch niet? Die vrouw sloeg toch geen ruit in om naar binnen te kunnen? Dat was toch ontzettend belachelijk?

Belachelijk?

Nee, dat was het goede woord niet. Het was een grof schandaal en zodra Viola hier was, zou ze haar wel eens even goed vertellen hoe ze over haar…

Oh nee, alweer een wee!

Ambers strijdlustige houding zakte als een bedorven pudding in elkaar. Terwijl ze haar buik met twee armen weer stevig vastpakte, zag ze vanuit haar ooghoeken Reinier met een sneltreinvaart uit het trapgat omhoog komen, bijna alsof iemand hem met een katapult had afgeschoten. Het altijd zo vrolijke jongensgezicht was knalrood en de paniek spatte uit zijn ogen.

"Mama!" gilde hij. "Er is politie! Ze hebben geweren!" Hij spurtte naar Amber toe en ging beschermend voor haar staan. "Blijf van mijn moeder af!" brulde hij dapper.

Amber wist niet meer hoe ze het had.

Politie?

Waar was Reinier nou weer mee bezig? Had hij te veel rare computerspelletjes gedaan? Of was dit als grapje bedoeld? Een lolletje oké, daar was zij ook altijd wel voor in, maar nu...

BONK, BONK, KNAL, KLAP!

Er dreunden zware voetstappen op de trap, maar op dat moment flitste er onverwacht weer zo'n pijnlijke steek door Ambers buik dat ze daar even totaal geen aandacht meer voor had.

"Au," kreunde ze hardop. "Reinier, waar is de verloskundige? Ik moet..."

BONK, BONK, KNAL, KLAP!

"Ga weg!" brulde Reinier overstuur. "Mijn mama krijgt een baby!"

Een tel later vloog Reinier ineens omhoog. "Nee! Laat me los!" krijste hij en vervolgens verdween hij luid gillend en met heftig trappelende benen uit Ambers blikveld.

Amber greep duizelig naar haar hoofd en knipperde heftig met haar ogen, maar het nieuwe uitzicht veranderde daar niet van.

Een eindje onder haar liepen minstens vijf gewapende mannen in de hal. Ze hadden helmen op hun hoofd, blauwe kleren met kogelvrije vesten aan en ze droegen allemaal een enorm langwerpig zwart schild, waarop in witte letters de kreet *'POLITIE arres-*

tatieteam' te lezen was.

De woonkamerdeur stond wagenwijd open en terwijl Amber verbijsterd toekeek, stampten twee agenten met getrokken pistolen
achter elkaar aan haar pas gesopte keukentje in, terwijl een collega intussen de wc binnenstormde.

Eén van de kerels had de nog steeds luid gillende Reinier losjes
onder zijn arm en zette hem naast de staartklok op de grond, waar
zijn collega het arme kind een stel handboeien omdeed, die hij
vervolgens aan de trapleuning vastklikte.

Amber knipperde opnieuw met haar ogen. Dit was niet echt.

Er liep heus geen arrestatieteam in haar hal rond. Ze had gewoon
hallucinaties van de pijn.

"Waar is Tom Enzinga?" snauwde een stem en iemand porde
haar onzacht in haar zij. "Is hij boven?"

Amber schrok zich wezenloos.

Tom?

Ze kwamen voor Tom!

Maar dat kon toch niet? Hij werd toch allang niet meer gezocht?
Ze voelde een nieuwe por in haar zij. "Waar is Enzinga?" herhaalde de stem.

"Ik ken geen Enzinga!" brulde Amber wanhopig. "Ik ben alleen
thuis met twee onschuldige kinderen. Laat ons met rust!"

Als Tom haar nou maar hoorde! Dan kon hij misschien nog weg-
komen. Hij had het wel eens geoefend. Gewoon het raam uit en
dan via de dakgoot naar het huis van de buren.

Oh Tom… wees alsjeblieft voorzichtig!

"Mijn kind is boven!" gilde Amber en ze maakte zich zo breed mogelijk. "Laat mijn dochter met rust!"

Maar de agent schoof haar onzacht opzij en stormde de trap op.

En terwijl Amber dubbel klapte van de pijn, renden drie andere agenten hun collega in een ijltempo achterna.

"Amber Wilkens?" hoorde ze vrijwel meteen daarna een harde stem zeggen. "U staat onder arrest op verdenking van moord."

"Onder arrest?" kreunde Amber. "Ik wil niet onder arrest. Ik krijg een baby."

"U wordt verdacht van moord op advocaat Vincent Bering en zijn moeder," zei de agent.

"Wat... Wat is dat nou voor onzin..." prevelde Amber ontzet.

"U wordt verdacht van moord op advocaat Vincent Bering en zijn moeder," herhaalde de agent.

"Maar ik heb Vincent niet vermoord! Hij is de vader van mijn kinderen. Ik ga de vader van mijn kinderen toch niet..."

"Meekomen, mevrouw. En ik moet u erop wijzen dat alles wat u zegt tegen u kan worden gebruikt."

"Nee!" gilde Amber. "Ik krijg een baby."

Maar de agent deed net of hij Ambers protesten niet hoorde. Hij pakte haar bij haar arm en begon aan haar te trekken. "Verzet is zinloos," snauwde hij. "Nu meteen meekomen."

"Maar ik mag niet bewegen, mijn vruchtwater is gebroken." Amber voelde zich helemaal afschuwelijk. Wat had deze gek met haar intieme zaken te maken? Was er dan niemand die naar haar luisterde?

"Laat me los!" gilde ze.

"Momentje, Van Herwaarden," zei een andere stem. "Er is hier net een vroedvrouw binnengekomen. De arrestante schijnt weeën te hebben en niet verplaatst te mogen worden."

Agent Van Herwaarden liet Amber los en liep de trap af.

Daardoor kreeg Amber weer een beter uitzicht op de overloop beneden haar.

In het midden van de ruimte stond een kleine, dikke vrouw in een slecht passende gele bloemetjesjurk, met daar overheen een gekreukelde knalroze blazer, die zijn beste tijd wel gehad had. De vrouw had haar vaalgrijze haren duidelijk in de haast opgestoken, want erg netjes zat het kapsel niet. Haar pafferige gezicht was roodaangelopen en ze zag eruit alsof ze midden in een wilde nacht gestoord was. Ze stond met haar handen in haar zij vol vuur tegen de commandant van het arrestatieteam te praten.

Viola van Horsten. Eindelijk!

Naast de verloskundige stond een houten stoel waarvan het grootste deel van de zitting ontbrak.

In een flits kreeg Amber visioenen van zichzelf op die baarstoel. Helemaal bloot en met haar benen wijd uit elkaar, terwijl er een compleet arrestatieteam – grijnzend en schuine moppen tappend – stond toe te kijken.

Nee, dit was niet echt. Dit kón gewoon niet.

"Een bawende vwouw iz nie bepvaald vwuchtgewaawuk," hoorde Amber de verloskundige zeggen. *"Wujie kome mogge maaw twug alz de kweine dew iz."*

Amber slikte moeilijk. Verstond ze het nou verkeerd of klonk dat mens echt alsof ze een glaasje te veel op had?

"Geen sprake van, mevrouw," antwoordde de commandant en hij

sloeg zijn armen resoluut over elkaar. "Wij verliezen de arrestante geen seconde meer uit het oog."

"*Ook bwest*," zei Viola. Ze draaide zich wat wiebelend om en bekeek Amber met een wazige blik. "*Ik ga ewen mij hande bassen en wan zuwwen be eenz kijken hoeweel ond... ondswuiting be hewwen.*" Zonder op Ambers antwoord te wachten, wankelde ze naar de keuken.

KNAL, BONK...

PANG!

Amber keek verwilderd om zich heen. Was dat een schot?

Dat was toch niet echt een...

PANG!

Op dat moment waggelde Viola van Horsten op Amber af en greep haar voluit tussen haar benen. "*Vowedige ondswuiding,*" constateerde Viola, maar Amber hoorde de brabbelende verloskundige niet. Ze staarde verbijsterd naar de knappe man met de blonde haren die opeens in de hal stond. Hij had aan iedere hand een kind.

"Vincent?" stamelde Amber.

Vincent knikte grijnzend. "Ik kom mijn kinderen halen," zei hij op een genietend toontje. Hij wees triomfantelijk opzij en Amber zag opeens een man in een smetteloos streepjespak naast Vincent staan.

"Notaris Anfering..." prevelde ze.

"Jawel, mevrouw Wilkens. Wilhelmus Anfering, geheel tot uw dienst."

PANG!

Boven klonk gejuich. "We hebben 'm, chef. De schoft is kassie-wijle. Komt-ie!"

Er stuiterde een soort voddenbaal rakelings langs Amber heen, die met een doffe dreun op de overloop neerkwakte en daar bewegingloos bleef liggen.

"Tom?" prevelde Amber verbijsterd. "Tom!"

"Ja, dat zie je helemaal goed," bralde Vincent. "Die mooie minnaar van je is hartstikke dood en nou houdt niemand mij meer tegen."

"*Ik zwie hed hoofwje*," bralde Viola van Horsten. *"Pez maaw mee!"*

Opeens voelde Amber de pijn weer en ze begon te persen alsof haar leven ervan afhing. Er gleed iets nats tussen haar benen vandaan. Wit en glibberig…

"We nemen die derde ook maar meteen mee," zei Wilhelmus Anfering zakelijk. "Dat gaat in één moeite door." Hij boog zich naar voren, griste de baby uit de bevende handen van de verloskundige en stapte er met een zegevierend lachje vandoor.

"Nee!" gilde Amber. "Mijn baby! Geef mijn kindje terug!"

Ze probeerde op te staan, maar kon zich opeens helemaal niet meer bewegen. Machteloos moest ze toekijken hoe Vincent de heftig tegenstribbelende Noortje en Reinier in een soort houdgreep nam en de kinderen met zich meetrok. Met een triomfantelijke kreet duwde hij ze het trapgat in en spurtte de notaris achterna.

"Mama!" krijste Noortje vanuit de verte. "MAMMAA!"

HOOFDSTUK 1

"MAMMAAA!"

Badend in het klamme zweet werkte Amber zich tegen haar vrolijk gebloemde kussen omhoog tot ze uiteindelijk rechtop in het grote tweepersoonsbed zat en daarna wreef ze zachtjes kreunend over haar ogen.

Alweer diezelfde vreselijke nachtmerrie.

Hield het dan nooit op?

Elke nacht werd ze minstens één keer kletsnat wakker en dan had ze weer zo ellendig gedroomd. Waar was dat nou goed voor? Ze had haar rust ontzettend hard nodig!

Maar ja, als net afgestudeerd psychologe wist zij maar al te goed dat dromen zich nergens iets van aantrokken. Die drongen zich aan je op zoals het ze uitkwam. En juist als je in een stressperiode je slaap zo goed kon gebruiken, was je extra gevoelig voor nachtmerries.

Ach, zij kende het patroon immers. Telkens als zij in haar leven door een moeilijke periode ging, kreeg ze enge dromen over haar kinderen.

Ergens heel diep vanbinnen moest er in haar een enorme angst zitten. Een gruwelijk monster dat haar telkens als ze heel kwetsbaar was met zijn vlijmscherpe klauwen naar de keel vloog om haar kinderen af te pakken.

Ze wilde haar kindertjes niet kwijt! Ze hield zo...

"MAMMAA!"

Hè, droomde ze nog steeds? Of lag Noortje nu echt om haar te roepen?

"MAMMAA!"

Ja, dus.

Amber zuchtte diep. "Ik kom al, Noortje. Mama komt eraan."

"Laat mij maar, Amber," zei een bekende mannenstem ergens vanuit het donker. "Ga jij maar weer lekker liggen. Ik kijk wel even wat er nu weer is."

"Hoeft niet, Tom. Ik moet toch hartstikke nodig. De baby drukt ontzettend op mijn blaas."

"Dan ga jij nou rustig plassen en kijk ik even bij mevrouwtje *ik-schreeuw-mijn-moeder-elke-nacht-het-liefst-minstens-twintig-keer-wakker.*"

"Soms heeft ze écht wat," zei Amber verdedigend.

"Sóms ja, daar heb je helemaal gelijk in. Maar meestal is het een hoop lou loene met dat kind. Wat een aanstelster, zeg."

Al pratend knipte Tom het licht aan en nadat Ambers ogen na het nodige geknipper aan de nieuwe situatie waren gewend, zag ze Tom op de drempel staan.

Ondanks haar vergevorderde zwangerschap ging er een verlangend steekje door Ambers buik. Tom zag er ontzettend goed uit. Een mooi gespierd bovenlichaam, gebronsd door de zon, een strak boxershort om een paar perfecte billen en een stel benen waar de knapste man ter wereld subiet jaloers op zou worden.

"Noortje heeft het nog steeds moeilijk met de scheiding," prevelde Amber, maar dat hoorde ze alleen zelf, want Tom was de slaapkamer al uit.

Bibberend wreef Amber opnieuw over haar ogen. Ze had helemaal geen zin om het warme dekbed van zich af te slaan en naar die koude wc te lopen. Ze zat echt te rillen door die zweetaanval. Maar ja, het alternatief – gewoon in bed plassen – was natuurlijk ook geen optie. Al was het alleen maar omdat ze er daarna toch uit zou moeten om het bed te verschonen.

Hè, wat zat ze weer een onzin bij elkaar te fantaseren? Zo kon het echt wel weer.

"Hup, Amber," sprak ze zichzelf streng toe. "Eruit met jou."

Gehoorzaam pakte Amber haar zwangere buik – van bijna negen maanden – stevig beet, hees zich dapper uit bed, schoof haar pantoffels aan haar voeten en stapte dapper naar de wc.

Daar bleek al snel dat ze net zo goed in bed had kunnen blijven, want het gedane plasje was werkelijk de moeite niet waard.

"Louter inbeelding dus," zuchtte Amber. "Maar ja... gister ging ik niet en toen heb ik het bijna in mijn broek gedaan."

Dat waren zo de nadelen van hoogzwanger zijn. Je kreeg last van je rug, je wist meestal niet meer hoe je liggen of zitten moest en omdat de baby constant op je blaas drukte, kon je met geen mogelijkheid meer zeggen of je nu wél of niet naar de wc moest. Echt balen, maar ja... je moest er wat voor over hebben om een kindje te krijgen...

Zuchtend slofte Amber terug naar de slaapkamer, waar Tom alweer lag te slapen.

Mannen!

Die hadden het lekker makkelijk. Die waren nooit ongesteld, hadden geen last van pms, ze raakten nooit in verwachting en als hun vrouw krimpend van de pijn aan het bevallen was, namen zij er alvast een biertje op…

Amber glimlachte. Aan de andere kant misten die arme mannen natuurlijk ook een hoop fijne dingen.

Dat vertrouwde kriebelende gevoel in je buik, de leuke spelletjes die je met die kleine bewegende bobbeltjes onder je vel kon spelen…

En ze verheugde zich nu al op de borstvoeding. Daar haalde een fles het echt niet bij. Dat tere hoofdje tegen je borst, die stralende oogjes die je zo vol vertrouwen aankeken en zo'n lief zoekend mondje dat uiteindelijk je tepel vond. En als de melk dan toeschoot, voelde ze zich zo gelukkig… Zo echt helemaal vrouw…

Best jammer, dat zo'n lief klein baby'tje zo ontzettend snel groot werd. Voor ze het wist, had ze er weer een zeurende puber bij…

Al peinzend kroop Amber weer onder haar dekbed, worstelde zich op haar zij en deed haar ogen dicht.

Maar de slaap wilde niet meer komen.

*

"Goeiemorgen, Elsje. Je hebt vast wel zin in koffie."

Het was de volgende morgen en Amber stapte met een vol dienblad de wolwinkel binnen. Ze hield het vrachtje ongeveer ter hoogte van haar hals, want haar armen waren niet lang genoeg om het lager te houden. Of haar buik was te dik, zo kon je het natuurlijk ook bekijken.

Vaste winkelhulp Elsje Hogenbirk draaide zich met een vrolijke glimlach naar Amber om. "Jij kunt gedachten lezen," zei ze stralend. "Wat ruikt dat lekker. Heerlijk."

Amber zette het blad op de grote houten toonbank neer, trok een kruk bij en ging zitten.

Elsje schoof op een andere kruk tegenover haar en pakte een chocoladekoekje van het schaaltje. "Wat verwen je me weer," lachte ze dankbaar.

Amber glimlachte terug.

Elsje was altijd vrolijk. Het maakte niet uit hoe onredelijk de klanten ook tegen haar zeurden, Elsje bleef lachen. Terwijl zij, Amber, in dat soort gevallen altijd moeite had om haar opborrelende wurgneigingen te onderdrukken.

Elsje had haar koekje op en keek met een schuin oog naar het schaaltje.

"Ze zijn allemaal voor jou," moedigde Amber haar aan.

Elsje pakte snel een tweede koekje en nam genietend een hap. "Ik snap niet dat jij geen chocola lust. Het is het lekkerste wat er is."

"Smaken verschillen nou eenmaal. En dat is maar goed ook."

Amber roerde wat peinzend in haar koffie en nam voorzichtig een slok.

Hoe vaak had ze hier niet met tante Wies op een kruk bij de toonbank gezeten? Hier, in deze halfdonkere winkel vol lappen stof en knotjes wol?

Dat was toch meestal best gezellig geweest…

Eigenlijk miste ze tante Wies nog steeds heel erg.

Maar dat gold niet voor het werk in deze wolwinkel, daar verlangde ze totaal niet naar. Het was heerlijk dat Elsje de zaak nu runde.

"Heb je het al gehoord van de burgemeester?" praatte Elsje dwars door haar herinnering heen.

"De burgemeester? Eh... ja, die gaat toch weg? Over twee maanden of zo?"

En haar geliefde ex-echtgenoot Vincent was in de race als zijn opvolger. Na de afwijzingen van zijn sollicitaties in Hilversum, Amersfoort en Spakenburg probeerde hij het nu in Soest.

Had ze daarom die enge dromen? Was ze bang dat het Vincent zou lukken om burgemeester van Soest te worden?

Burgemeesters hadden macht.

Macht genoeg om haar alsnog Noortje en Reinier af te pakken? En misschien wilde hij de baby dan ook nog...

Ach, kom nou! Ze moest niet altijd zo doordraven.

Een burgemeester hoorde zich aan de wet te houden. En dat gold ook voor Vincent.

Ze beet op haar lip.

Er zaten gaten in de wet, dat wist iedereen. *Mazen*, zoals de mensen dat zo netjes noemden. En als gerenommeerd advocaat wist Vincent die altijd weer te vinden.

Tom ook trouwens. Tom had ook weinig op met de Nederlandse regelgeving. Op dit moment was hij een keurige en hardwerkende accountmanager bij een ziektekostenverzekering, dat wel. Maar toen ze Tom leerde kennen, was hij inbreker geweest...

Wat dat betreft, had ze echt een neus voor mannen die in de kantlijn leefden.

"Dus ja..." mompelde Elsje en ze keek Amber wat aarzelend aan. "Ik zit natuurlijk op de eerste rang, het zijn mijn overburen."

Amber besefte dat ze Elsjes verhaal compleet gemist had. "Je overburen?" vroeg ze wat wazig.

Elsje hield haar hoofd een beetje schuin en er kwam een weifelende blik in haar ogen. Alsof ze zich afvroeg of Amber op dit moment alleen nog maar babyboeken in haar hoofd had in plaats van hersenen. "De huidige burgemeester en zijn vrouw. Daar woon ik immers tegenover," zei ze uiteindelijk langzaam.

Amber kreeg er een schuldgevoel van. Als ze wilde piekeren, kon ze beter boven op de bank gaan liggen. "Ach ja, natuurlijk," antwoordde ze zo opgewekt mogelijk. "Sorry, dat ik zo slecht luister. Ik heb niet zo best geslapen vannacht." Ze legde haar hand even verklarend op haar dikke buik. "Ik lig niet echt lekker meer."

Dat ze ook nog eens voortdurend door de meest akelige nachtmerries werd geplaagd, vertelde ze er maar niet bij.

"Het lijkt me ook een hele vracht." Elsje knikte begrijpend en ze pakte nog maar een koekje van de schaal.

"Maar, eh…" ging Amber door. "Wat was er nou met de burgemeester?"

"Je wilt het misschien ook helemaal niet horen," reageerde Elsje. "Al die narigheid als je zwanger bent, dat is ook niet goed."

Amber nam een slok van haar koffie. "Ik ben niet van suiker. Ik kan wel ergens tegen."

"Nou, de burgemeester is, eh… Hij was gisteravond op het feest bij de manege en toen is hij op de terugweg het water in gefietst."

"Het water in gefietst?" vroeg Amber verbaasd.

Elsje knikte. "Hij was wel vaker heel laat thuis, dus zijn vrouw was gewoon naar bed gegaan, maar vanmorgen was hij er niet en toen zijn ze gaan zoeken. En ja…"

Amber kneep haar ogen tot spleetjes. "Je bedoelt toch niet dat hij…?"

Elsje haalde wat ongelukkig haar schouders op. "Hij is verdronken. In de vijver naast de Koningsweg. Ze weten niet hoe dat nou kan, het is er helemaal niet diep."

Amber schrok ervan. "Wat afschuwelijk! Zo vlak voor zijn pensioen."

"Ja…" Elsjes stem was opeens heel schor en ze kuchte heftig voordat ze verder praatte. "Zijn vrouw was vorige week nog in de winkel en ze verheugde zich er heel erg op dat haar man nou eindelijk eens wat meer tijd voor haar zou hebben."

"Dat is ontzettend triest," vond Amber. "Die arme vrouw."

"Bij de manege beweerden ze dat hij geen druppel gedronken had, maar ja… dan fiets je toch niet zomaar een vijver in?"

Amber trok een gezicht. "Misschien vloog er wel een gans voor zijn wielen. Of dat er ineens een kat voor zijn fiets sprong?"

"Ja, het loopt daar wel af, natuurlijk. Als je je stuur omgooit om een beest te ontwijken, rijd je maar zo het water in." Elsje knikte bedachtzaam. "Maar aan de andere kant kon hij hartstikke goed zwemmen, dus dan verdrink je toch niet in zo'n ondiep plasje?"

"Ze beweren dat hij een hartinfarct had," zei opeens een schelle vrouwenstem achter hen. Bijna tegelijkertijd begon de winkelbel rinkelen.

Amber en Elsje schrokken ervan en ze draaiden allebei tegelijk hun hoofden om.

Er stond een magere vrouw achter hen. Ze droeg een blauw mantelpakje met een knalrood sjaaltje en op haar hoofd prijkte een al even knalrode hoed waar aan alle kanten lange felblauwe veren uitstaken. Het mismodel zou op Prinsjesdag beslist alle kranten gehaald hebben.

Amber haalde diep adem. Daar had je Ida Piersma, het roddelkanon van Soest. Hoe de vrouw het voor elkaar kreeg, wist niemand, maar als er in Soest ook maar dát gebeurde, wist Ida altijd direct het naadje van de kous te achterhalen. En het gebeurde maar hoogst zelden dat Ida het mis had.

Elsje sprong meteen overeind. "Dag mevrouw Piersma. Sorry hoor, we hebben u helemaal niet binnen horen komen. Waarmee kan ik u helpen?"

Ida Piersma maakte een wegwerpgebaar met haar hand. Die kwam niet voor een klosje garen, maar ze wilde haar verhaal kwijt, dat was wel duidelijk. "Ze beweren dat de burgemeester een hartinfarct had," herhaalde Ida.

"Dat zou best kunnen." Elsje knikte. "Dat verklaart wel een hoop."

"Maar er wordt ook gefluisterd dat hij dronken was en ladderzat het hoogje is afgereden toen er opeens een egel overstak."

"Oh, dat zou…"

"Maar dat is niet zo," snerpte Ida Piersma en daarna liet ze haar stem wat dalen. "Hij heeft een klap op zijn achterhoofd gekregen."

"Wat zegt u nou?" vroegen Amber en Elsje tegelijk.

Mevrouw Piersma knikte heftig en er krulde een op sensatie belust lachje om haar mond. "Hij is vermoord."

"Vermoord?"

"Klap op zijn hoofd, bewusteloos het water ingeduwd en daar uiteraard verdronken," verklaarde Ida Piersma voldaan. "En nu volgt locoburgemeester Rob Eldersen hem voorlopig op."

"Maar waarom zou iemand onze burgemeester nou willen vermoorden?" vroeg Elsje op een weifelende toon.

Ida Piersma liep op de toonbank af, pakte ongegeneerd een chocoladekoekje uit het schaaltje, stak het in zijn geheel in haar mond en begon uitvoerig te kauwen. Tenslotte slikte ze zichtbaar en verklaarde samenzweerderig: "Hij was immers zo tegen het bouwplan in het natuurgebied langs de Jachthuislaan hierachter? Nou, op deze manier zijn ze hem mooi kwijt."

"Maar heeft dat nou voor zin? Die man zou immers met pensioen gaan."

"Een waarschuwing voor de tegenstanders van het plan," verklaarde Ida. "Iedereen die de bouw van het plan Jachtlust probeert tegen te houden, gaat eraan. Let op mijn woorden."

"Gaat het nou niet een beetje ver om…" begon Amber, maar mevrouw Piersma liet haar niet uitspreken.

"Deze winkel gaat ook tegen de vlakte," zei ze op een genietend toontje en ze keek Amber scherp aan. "Je tante Wies draait zich al in haar graf om. Haar hele levenswerk gaat naar de filistijnen."

Er ging een steek van afschuw door Amber heen en ze voelde haar gezicht verstrakken. Tante Wies! Haar lieve tante Wies die zich haar hele leven lang uit de naad had gewerkt om deze winkel vanaf de grond op te bouwen tot een bloeiende zaak. Als tante Wies nog geleefd had, zou ze haar winkel tot het uiterste hebben verdedigd.

Even was het alsof Amber de stem van tante Wies weer kon horen. "*Tot mijn laatste snik zal ik mijn winkeltje verdedigen, Amber. Tot mijn laatste snik.*"

Amber besefte opeens dat Ida Piersma haar genietend stond te observeren en ze snapte maar al te goed waar het mens op uit was. Die wilde de boel hier even lekker opjutten. Waarschijnlijk hoopte ze dat Amber – hoogzwanger als ze immers was – in tranen uit zou barsten, zodat zij voorlopig weer roddelstof genoeg had. Die lol gunde ze mevrouw Piersma niet, dus werd het hoog tijd om een ander onderwerp aan te snijden.

Ze glimlachte wat gemaakt naar Ida Piersma en schoof langzaam van haar kruk. "Kan ik u ergens mee helpen?" vroeg ze zo vrolijk mogelijk. "Een bolletje wol misschien? Of een nieuwe haaknaald?"

Mevrouw Piersma nam niet de moeite om te antwoorden. Ze griste het laatste koekje uit de schaal, draaide zich om en was de winkel al uit voor Amber en Elsje ook maar met hun ogen hadden kunnen knipperen.

"Ik zeg niet gauw wat van een klant," prevelde Elsje verbijsterd. "Maar die Ida Piersma is wel een erg raar mens."

"Ze heeft wel vaak gelijk," moest Amber toegeven.

"Ach, welnee! Ze roept van alles door elkaar en dan is het goeie verhaal er meestal wel bij. En dan doet ze later net of ze het allemaal wel gezegd had."

"Zou het?" aarzelde Amber.

"Zeker weten. Dat mens deugt voor geen meter." Elsje sloeg geschrokken haar hand voor haar mond. "Sorry, zo mag ik niet over een klant praten, maar… wat een onzin om te roepen dat de burgemeester vermoord is."

"Ja, dat vind ik ook wel een beetje te ver gaan in ons keurige Soest," knikte Amber. "Maar een hartinfarct is natuurlijk wel een mogelijkheid."

"Of een overstekende egel," zei Elsje. "Of een glaasje te veel. Ze heeft het allemaal genoemd."

Amber keek Elsje peinzend aan. "Nu je het zegt… Ze heeft het over minstens vier verschillende dingen gehad."

"Nou, meer mogelijkheden zijn er toch niet? Ik kan tenminste niks anders meer verzinnen."

"Ik eigenlijk ook niet."

"Dus, wat is het resultaat?" vroeg Elsje. Ze wachtte niet op Ambers reactie, maar gaf zelf het antwoord al. "Ida Piersma heeft altijd gelijk, maakt niet uit wat er nou precies gebeurd is."

"Daar zit eigenlijk best wat in," zei Amber. "Ik vond het een ontzettend rare opmerking van haar dat iedereen die tegen dat plan Jachtlust is, eraan zal gaan."

"Ik ook," zei Elsje. "En dat slaat nou ook op mij, weet je dat? Ik ben gisteren bestuurslid geworden van de actiegroep *Red de Jachthuislaan*."

"Bestuurslid? Maar de huizen aan de overkant van de straat vallen toch net buiten dat plan?"

Elsje schudde haar hoofd. "Welnee. Op de plek waar ik nou zo heerlijk woon, moet zo'n stinkende parkeergarage komen. Maar ik laat me niet wegjagen door zo'n stelletje geldwolven, dat pik ik echt niet."

"Ik ook niet," zei Amber fel. "Ik heb de petitie tegen Jachtlust al getekend. De naam alleen al. Jachtlust… Jachtsadisten komt eerder."

"Onze actiegroep gaat een jurist inhuren. Er zit van alles fout met dat plan. Volgens ons…"

De winkelbel rinkelde en mevrouw Hamer kwam binnenstappen. Ze had een zware boodschappentas in haar hand en Elsje schoot meteen op haar af.

"U komt vast wat ruilen, mevrouw Hamer. Vond uw nichtje die gele wol niet leuk?"

Mevrouw Hamer schudde haar hoofd. "Ze wil liever rood, dus dan wilde ik de bollen inderdaad graag nog even ruilen."

"Dat kan, mevrouw Hamer. Heeft uw nichtje nog voorkeur voor een bepaalde tint rood?"

Het gezicht van mevrouw Hamer werd één vraagteken.

Elsje keek haar glimlachend aan. "We hebben lichtrood en scharlaken en bordeaux en… Wacht, ik laat u wel even wat tintjes zien."

*

Terwijl Elsje energiek op een bruinhouten trapje klom om wat bollen wol uit het bovenste rek te pakken, groette Amber mevrouw Hamer met een vriendelijk handgebaar, pakte het dienblad op en liep er langzaam mee naar boven.

Ze bracht het blad naar de keuken, spoelde de kopjes om en zette die maar meteen in de afwasmachine. Daarna liep ze door naar de kamer en ging daar languit op de bank liggen. Ze was zo ontzettend moe, het kon helemaal geen kwaad als ze even ging rusten.

Maar op haar rug liggen lukte niet meer goed. Ze kreeg vrijwel direct last van kramp in haar kuiten en bovendien knelde de baby blijkbaar de bloedvaten naar haar hoofd af, want ze werd ook nog duizelig.

Zuchtend kwam ze weer omhoog, draaide zich moeizaam op haar zij en stompte wat kussentjes in model om haar zware buik mee te steunen, maar ook dat bood geen soelaas. De bank lag voor geen meter. Dus kon ze maar beter even op bed gaan liggen. Ze was net weer gewoon gaan zitten en moed aan het verzamelen om van de bank op te staan, toen er op de deur werd geklopt.

Een tel later stak Elsje haar hoofd om de hoek. "Notaris Anfering is er."

"Die ellendige Anfering? Daar heb ik geen tijd voor. Stuur die sukkel maar gauw weg."

Elsje keek haar wat aarzelend aan. "Hij heeft een afspraak, zegt hij."

"Een afspraak?"

"Ja, hij liet me een brief zien, daar stond het in. Anders had ik je nooit gestoord."

Er klonk gestommel achter Elsje en Amber zag opeens een hand op Elsjes schouder verschijnen, die haar schaamteloos opzij duwde. Een tel later stapte notaris Wilhelmus Anfering met gedecideerde passen over de drempel. Zoals altijd was de man perfect gekleed, dit keer in een stemmig driedelig grijs maatpak met een gifgroene stropdas. Hij droeg een zwart attachékoffertje onder zijn arm.

"Wat moet dat hier in mijn woonkamer?" bitste Amber. "Maak dat u wegkomt!"

"Het spijt me," prevelde Elsje. "Ik heb de deur heus achter me dicht gedaan. Ik wist niet dat hij zomaar met me mee zou lopen."

"Ga maar gauw terug naar de winkel, Elsje. Dan bel ik de politie dat we een geval van huisvredebreuk hebben."

"Rustig maar, mevrouw Wilkens. Ik kom immers met u praten over de aanbieding die u vorige week per post hebt gekregen. Maak me nu niet wijs dat u dat bent vergeten."

"Vergeten?" snauwde Amber fel. Ze probeerde op te staan, maar dat was nog niet zo makkelijk met die dikke buik.

"Blijft u toch rustig zitten, mevrouw," zei Anfering op een vaderlijk toontje. "In uw toestand kunt u zich maar beter niet al te druk meer maken." Al pratend liep de notaris naar de grote leunstoel bij het raam en schoof die – luid piepend en knarsend – in de richting van de bank.

Amber werd woest. Wat dacht die zelfingenomen kerel wel niet? Dat hij haar in haar eigen huis een beetje de les kon komen lezen? "Ik heb helemaal geen afspraak met u," snibde ze. "Zet onmiddellijk mijn stoel terug."

Notaris Anfering stond Amber even taxerend aan te kijken en daarna koos hij eieren voor zijn geld. "Zoals u wilt, mevrouw," mompelde hij op een gehoorzaam toontje en terwijl het meubelstuk alweer heftig piepend en knarsend van zijn ongenoegen blijk gaf, schoof de notaris het oude beestje op zijn plek terug. Daarna draaide hij zich naar Amber om en nu had hij een schuldbewust, bijna deemoedig trekje om zijn mond.

Amber kreeg zin om keihard om een teiltje te gaan roepen. Wat een toneelspeler, die vent. Dacht hij nou heus dat ze daar intrapte?

"Het spijt me, mevrouw Wilkens," sprak de notaris intussen op een gedragen toontje. "Dit was niet zo'n gelukkige binnenkomer. Maar ik was heus in de veronderstelling dat wij een afspraak hadden en…" Hij haalde met een gespeeld onzeker gebaartje zijn schouders op, knipte zijn tas open en hield Amber een brief voor. "Hier is het betreffende epistel, mevrouw. Wilt u dat alstublieft even doornemen? Ik heb echt een heel aantrekkelijk voorstel voor u."

Amber keek wat aarzelend naar het perkamentkleurige vel met zo te zien een indrukwekkend briefhoofd.

Wat moest ze nou doen? De notaris met brief en al wegsturen?

Hij zou meteen weggaan, want dat was de rol die hij nu voor zichzelf gekozen had, dat was haar wel duidelijk. Maar dan?

Hij kwam vast weer terug en bovendien…

Amber onderdrukte een zucht. Zij was een vrouw. En net zoals de meeste vrouwen was ze diep in haar hart best een beetje nieuwsgierig. Als ze de notaris nu weg liet gaan, zou ze de rest van de dag over die brief lopen piekeren, dat zat er dik in. Ze stak haar hand uit en pakte het vel papier aan.

"Als u mij toestaat, mevrouw?" vroeg Anfering en hij wees verlangend naar de stoel.

"Ja hoor, neemt u maar even plaats."

Terwijl de notaris krakend ging zitten en zijn benen hoorbaar over elkaar sloeg, liet Amber haar ogen over het vel glijden.

Het briefhoofd in de linkerbovenhoek loog er inderdaad niet om. Het was in prachtige, levensechte kleuren gedrukt en stelde een berg voor, die oprees boven een rij van grote gouden letters. *Real Estate Services De Vossenberg b.v.*

Op de berghelling waren luxe huizen en flats gebouwd die afstaken tegen een heldere blauwe lucht. Helemaal bovenop prijkte een roodbruine vossenkop, die de lezer vrolijk lachend aankeek. Het dier had een zilverkleurig brilletje op zijn glanzend zwarte neus.

Geachte mevrouw Wilkens,

Graag willen wij u een buitengewoon aantrekkelijk voorstel doen. Aanstaande woensdag zal onze notaris Wilhelmus Anfering u – zonder uw tegenbericht – om half elf bezoeken om deze zaak persoonlijk met u door te spreken.

Met vriendelijke groet,
Real Estate Services De Vossenberg b.v.
Mr. Ir. Herman de Vossenberg, algemeen directeur

Tja, nou wist ze nog niks, behalve dan dat er haar een *buitengewoon aantrekkelijk voorstel* zou worden gedaan...

Ja, ja.

Amber keek notaris Anfering een beetje broedend aan. Ze was er bijna zeker van dat deze brief nooit aan haar was opgestuurd, zij zag dit dure kitchpapier vandaag in elk geval voor het eerst. Lekker makkelijk van die firma. Net doen of je een afspraak had en dan gewoon ongevraagd bij de mensen binnenvallen.

Zij wist zelf wel beter, maar notaris Anfering was in Soest een gerespecteerde man en geen enkele weldenkende Soester zou het in zijn hoofd halen om zo'n integere meneer zomaar op de stoep te laten staan. Zeker niet als hij met zo'n brief begon te wapperen. Mensen gingen dan toch denken dat het aan henzelf lag, dat het hun schuld was dat die brief was weggeraakt. Een bekend psychologisch verschijnsel, waar de keurige notaris blijkbaar dankbaar misbruik van maakte.

Er zouden heel wat mensen zijn, die vol schuldgevoelens hun excuses zouden aanbieden voor de ongelukkige ontvangst. En in zo'n gemoedstoestand waren ze dan veel gevoeliger voor de voorstellen van de notaris. Ze hadden die man immers al flink teleurgesteld, dan viel er dus heel wat 'goed te maken'.

Zo werkten de louche verkopers bij de 'gratis' busreisjes, de *lingerieparty's* en de andere verkoopfeestjes ook altijd. Die brachten de mensen eerst in de juiste ja-stemming met gratis kopjes koffie, plakjes cake en kleine cadeautjes, zodat niemand meer nee durfde te zeggen tegen de prijzige donzen dekbedden en de veel te dure handige keukenhulpjes. En mocht er iemand op het schandalige idee komen om zo'n veel te duur product toch te weigeren, dan werd zo'n oproerkraaier zonder pardon de bus uitgezet.

Daar stond laatst nog een heel artikel over in de krant van een journalist die *undercover* was meegegaan met zo'n reisje. Het gezelschap werd naar een verkoopdemonstratie gereden in plaats van naar de beloofde orchideeëntuin. Wie niks kocht, kreeg geen eten en mocht – na een vreselijke donderpreek – naar huis lopen...

Amber trok een gezicht. Zij hoefde gelukkig niet bang te zijn dat ze haar eigen woonkamer uitgestuurd zou worden, dus kon ze die irritante notaris rustig zeggen hoe ze over hem dacht.

"U hoeft mij niks wijs te maken, meneer Anfering," zei ze op een resolute toon. "Deze brief is nooit verstuurd. En ik ben echt niet van plan om in uw verkooppraatjes te trappen. Ik ben afgestudeerd psychologe, weet u nog wel?"

De notaris keek oprecht geschokt. "Dat weet ik, mevrouw Wilkens. Ik weet dat u onlangs bent afgestudeerd als psychologe. Mag ik u hiervoor mijn welgemeende felicitaties doen toekomen?" Hij slikte wat moeizaam en Amber zag zijn adamsappel bewegen.

Amber had geen zin om wat terug te zeggen. Ze sloeg haar armen over elkaar en keek de notaris afwachtend aan. Diep in haar binnenste baalde ze van zichzelf. Waarom stuurde ze die opgeblazen pauw niet gewoon haar huis uit, met *buitengewoon aantrekkelijk voorstel* en al?

Tja, daar lag nog even het tere punt. Ze was intussen stiknieuwsgierig!

Maar daar mocht de notaris niks van merken...

Ach wat, het simpele feit dat ze hem nou zo zat aan te kijken zei hem toch genoeg?

'*Amber Wilkens*,' zei een waarschuwend stemmetje in haar hoofd. '*Trap nou niet in de praatjes van die kerel. Je weet best dat deze vent voor geen meter deugt!*'

"Nou, komt er nog wat van?" vroeg Amber uiteindelijk en ze probeerde zo verveeld mogelijk te klinken. "Ik heb nog meer te doen vandaag."

"Dan kom ik graag ter zake, mevrouw Wilkens." De notaris schoof wat ongemakkelijk heen en weer in zijn stoel.

"U mag gerust ergens anders gaan zitten, hoor," zei Amber op een gespeeld hartelijk toontje. "Dat is de oude stoel van tante Wies en daar steken intussen minimaal drie veren uit de zitting omhoog."

"Ik merk het," antwoordde de notaris wat benauwd. Hij ging staan en koos voor een andere, veel nieuwere stoel recht tegenover Amber. Toen stak hij opnieuw van wal: "Het is als volgt, mevrouw Wilkens. De projectontwikkelaar *Real Estate Services De Vossenberg b.v.* heeft mij – als gerenommeerd notaris – opdracht gegeven om…" Hij zweeg en keek verstoord naar Ambers mobiel die een eindje verder op de eettafel steeds harder een vrolijk liedje speelde.

Na een paar vergeefse pogingen lukte het Amber om overeind te komen. Ze liep haastig naar de tafel en nam op.

"Ben jij dat Amber?" brulde de stem van haar tweelingzus Jade in haar oor. Op de achtergrond waren motorgeluiden te horen en een neuzelende mannenstem herhaalde om de paar seconden het zinnetje: *Goedemorgen. Welkom aan boord.*

Het kon niet missen. Jade belde vanuit een vliegtuig waarvan de passagiers aan het instappen waren. Dan moest er wel iets dringends aan de hand zijn, want als ze aan het werk was, belde Jade maar hoogst zelden.

Goedemorgen, mevrouw. Welkom aan boord.

"Yep, met mij," zei Amber. "Is er iets?"

"Ik vlieg zo naar Charles de Gaulle met de KL 2007, maar ik was tante Frieda helemaal vergeten en daar moet jij toch even van weten, want volgens mij zit ze achter ons geld aan."

"Tante Frieda?" vroeg Amber verbaasd.

Goedemorgen, meneer. Welkom aan boord.

"Tante Frieda, ja. Dat schijnt een zus te zijn van onze pa. Ik heb ook nog nooit van haar gehoord. Ze beweert dat ze een nakomertje was, dus veel jonger dan pa, maar ik heb nog geen gelegenheid gehad om dat na te trekken."

"Oké, en wat is er met die tante Frieda?"

"Die is gisteravond laat bij mij langs geweest en vandaag of morgen staat ze ongetwijfeld ook bij jou voor de deur."

Cabin crew, arm slide bars…

Er klonk een hoop gekraak aan de andere kant van de lijn.

"Maar waarom denk je dat die tante…" vroeg Amber, maar Jade liet haar niet uitspreken.

"Sorry Amber, andere keer verder. We gaan weg… Ja, ja, ik ben er alweer."

Cabin crew, check slides armed and cross check…

"Maar Jade, wat moet ik nu met die infor…" begon Amber tegen beter weten in, maar het enige wat ze in de volgende minuten nog hoorde, was een hoop motorgebrul en een blikkerige stem die ergens in de verte de werking van het zuurstofmasker begon uit te leggen. Wat later klonk er een droge klik en de verbinding werd verbroken.

Amber drukte op het display om het gesprek definitief te beëindigen en legde haar mobiel nadenkend terug op tafel.

Jade was een schat, maar erg vermoeiend. Ze werkte al jaren als stewardess bij de KLM en bij haar collega's was ze intussen vooral onder de bijnaam *Stormvogel* bekend. En helemaal terecht, want wie met Jade in contact kwam, vergat dat meestal niet snel. Ze was ongedurig en kon maar moeilijk stilzitten. Dat was in haar werk natuurlijk ook een voordeel, want niemand ging er zo vol tegenaan als Jade.

Maar het grote nadeel van Jade was, dat ze meestal haar eigen gedachten volgde en daar was voor buitenstaanders vaak geen touw aan vast te knopen.

"Tante Frieda," mompelde Amber tegen zichzelf. "Nooit van…"

Er klonk een beschaafd kuchje achter haar. Amber schrok ervan. De notaris! Ze was die hele vent glad vergeten.

Langzaam draaide Amber zich om, liep terug naar haar plekje op de bank en pakte de brief op. "Nou, vertelt u eens. Hoe zit dat nou met dat *buitengewoon aantrekkelijke aanbod* van…" Ze stopte met praten en keek met samengeknepen ogen naar het briefhoofd. "…Van Real Estate Services De Vossenberg b.v. Of hoe ze dan ook mogen heten."

De notaris knikte. "Real Estate Services De Vossenberg b.v., dat is helemaal juist."

"Komt u dan onderhand eens ter zake, ik heb meer te doen vandaag."

"Dat zei u al eerder, mevrouw. En mag ik u erop wijzen dat u zojuist zelf de boel ophield met dat telefoo..." Hij realiseerde zich blijkbaar nog op tijd dat hij Amber beter niet tegen zich in het harnas kon jagen en begon soepel aan een nieuwe zin. "Real Estate Services De Vossenberg b.v. heeft mij opdracht gegeven om u een bod te doen op dit huis."

"Wat?"

"Real Estate Services De Vossenberg b.v. heeft mij opdracht gegeven om u een bod te doen op dit huis," herhaalde de notaris op een vlak toontje.

"Hoe komt u er nou bij dat ik dit huis zou willen verkopen? Ik heb het hier prima naar mijn zin en de kinderen ook." Dat Tom hier ook graag kwam, noemde ze maar niet, want dat ging de notaris niets aan.

"Dit huis gaat sowieso verdwijnen, zodra het plan Jachtlust hierachter van start gaat." Notaris Anfering keek haar taxerend aan. "U hebt van plan Jachtlust gehoord, neem ik aan?"

"Ja hoor, en ik weet ook dat het voorstel nog absoluut niet door de gemeenteraad is aangenomen. Heel Soest heeft die petitie al getekend en ik ga me binnenkort ook opgeven als lid van de actiegroep *Red de Jachthuislaan*."

De notaris deed net of hij Amber niet hoorde. "Plan Jachtlust is een revolutionair bouwproject," neuzelde hij. "Een luxe ressort om de bezoekers van het nabijgelegen Paleis Soestdijk een passend onderkomen te geven, met daarnaast een winkelcentrum met onderkelderde parkeergarage om u tegen te zeggen. En dan heb ik het nog niet eens over de riante miljonairsvilla's gehad, die uiteraard met tennisbaan én zwembad worden opgeleverd."

"Ik vind het een belachelijk plan," zei Amber fel. "Wie wil er nou een gigantisch winkelcentrum in zo'n mooi stukje natuur?"

"Natuur?" De notaris trok een gezicht alsof hij net een golf smerig zeewater in zijn mond had gekregen. "U noemt zo'n verwaarloosd stuk kaal weiland toch geen natuur?"

"Er lopen paarden. Er zitten padden en kikkers…" Amber wilde nog vertellen dat ze vanaf haar balkon ook vaak een ree had gezien, maar daar kwam ze niet meer aan toe, want Anfering begon smakelijk te lachen.

"Kikkers," hinnikte hij. "We gaan de economische groei van ons mooie Soest toch niet ondergeschikt maken aan een stel vieze kikkers? Mevrouwtje, mevrouwtje, dat gelooft u toch niet echt?"

"De burgemeester is faliekant tegen," snauwde Amber.

"De burgemeester is hartstikke dood, mevrouw. En zijn opvolger juicht het plan van harte toe, dat wil ik u in vertrouwen alvast wel meedelen. De gemeenteraad gaat binnenkort overstag. Let op mijn woorden."

"Ik heb nu wel genoeg tijd aan u verspild," zei Amber boos. "U kunt weer gaan."

"Maar niet voordat ik u het buitengewoon interessante voorstel van *Real Estate Services De Vossenberg b.v.* heb overhandigd," sprak de notaris resoluut. "Zij bieden u anderhalf miljoen voor deze bouwval met de aanpalende grond en uiteraard is er dan – met een aantrekkelijke korting – een nieuwe woning voor u beschikbaar in het plan Jachtlust. Een riant huis met klásse, dat u zeker zult kunnen waarderen, na een sober leven in deze tochtige toestand." De notaris rommelde in zijn aktetas en haalde een stapeltje paperassen tevoorschijn, dat hij Amber toestak. "Een brochure en het officiële aanbod. U hoort nog verder van mij. Goedemorgen."

Na die woorden zeilde notaris Wilhelmus Anfering de woonkamer uit en de deur viel met een discreet klikje achter hem dicht.

HOOFDSTUK 2

"Mam!" riep een ongeduldige meisjesstem in Ambers oor. "Mam, word eens wakker. Het is voor jou."

Amber schrok wakker. "Huh, wat… Hè…" mompelde ze verward.

"Het is voor jou, mam," verklaarde Noortje. "Die ouwe zak van de modeshows. Hier is-t-ie." Noortje tikte op de mobiel en rekte zich uit. "En trouwens, papa is aan het regelen dat Reinier en ik straks bij hem kunnen wonen." Ze duwde het toestelletje in Ambers hand en spurtte de slaapkamer uit.

Amber sliep nog half en hoorde amper wat Noortje zei. Ze kwam moeizaam overeind en drukte de telefoon tegen haar oor.

"Met Amber?"

"Met de ouwe zak van de modeshows," zei een boze stem die haar vaag bekend voorkwam.

"Huh? Eh… Met wie, eh…?" mompelde ze.

"Met Evers, de ouwe zak van de modeshows."

"Maar meneer Evers, hoe komt u er nou bij dat u…"

"Dat ik een ouwe zak ben?" klonk het kwaad. "Dat beweerde je dochter."

"Mijn dochter beweerde… Echt waar? Maar dat moet u verkeerd verstaan hebben, mijn dochter zou nooit…"

"En óf ze het zei!" schetterde Evers. "Ik vind het een grof schandaal."

Amber besefte dat Evers het meende.

Oh Noortje! Waar had ze al die ellende aan verdiend? Zo'n slechte moeder was ze toch niet?

"Als dat echt waar is dan…" begon Amber vaag.

"Wat?" brulde Evers in haar oor. "Je denkt toch niet dat ik hier een beetje sta te liegen?"

Amber werd eindelijk echt wakker. "Nee, natuurlijk niet, meneer Evers. Maar u moet begrijpen dat mijn dochter op dit moment zichzelf niet is. Ze heeft veel last van de pubertijd en ze probeert constant om een ruziesfeer te maken… Het spijt me echt heel erg."

"Ja, ja," bromde haar chef. "Ik zeg altijd maar zo: waar rook is, is vuur."

"Ik heb haar dat heus niet voorgekauwd als u dat bedoelt. De jeugd van tegenwoordig, die…"

"Ja, ja, die jeugd van tegenwoordig," mompelde Evers op een zuinig toontje. "Daar doet de mensheid het al eeuwen mee af."

"Nou ja, ik… Het spijt me echt. Ik zal haar onder handen nemen."

"Dat doet u dan maar vanmiddag na het werk," bromde Evers.

Amber schrok ervan. Werk? Hoezo werk? Ze was twee weken geleden voor het laatst geweest. Omdat het haar in de laatste maand van haar zwangerschap veel te zwaar werd om op een catwalk rond te flaneren. Alleen dat woordje *flaneren* al. *Waggelen* kwam eerder met die buik! "Werk?" prevelde ze. "Ik ben toch…"

"U bent toch nog niet bevallen, mag ik hopen?"

"Nee, maar…" Ze had de afgelopen nacht best een poos wakker gelegen van de oefenweeën. Maar dat ging haar werkgever niet aan.

"Lida heeft vannacht veel te vroeg een zoon gekregen, dus ik heb je vandaag nodig om haar plek in te nemen. We showen in Amersfoort."

"Dat ga ik echt niet meer doen, meneer Evers. Dat wordt me veel te druk. En mijn buik is ook veel te zwaar om nog lekker te kunnen lopen."

Maar Evers luisterde niet naar Ambers protesten. "Ik heb een hoogzwanger model nodig voor onze *Laatste loodjes-lijn*, dus ik verwacht je om elf uur stipt," snauwde hij bevelend.

"Nee, meneer Evers. Ik pieker er niet over. Ik pas niet meer achter het stuur van de auto en ik ga echt niet met de bus."

"Daar is het fenomeen taxi voor uitgevonden, Amber. Elf uur stipt bij Weeberg Mode in de Langestraat."

"Nee meneer Evers, ik ben te moe. Ik kom niet. U vraagt maar een ander." Met een resoluut gebaar drukte Amber de verbinding weg.

Wat dacht die man wel niet? Ze had twee weken geleden officieel afscheid genomen en dat was niet voor niks geweest. Met die zware vracht kon ze amper meer uit de voeten en ze had geen zin om als een soort nijlpaard over de catwalk te waggelen. Op hoge hakken nota bene.

Hoge hakken!

Op de show bij Heimanns had ze aan het eind van de loper wat al te energiek een bochtje gedraaid – want er zaten heel wat vrouwen te kijken en ze wilde toch ook niet als een veredelde strobaal overkomen – en toen was ze met zware buik en al het publiek ingeduikeld, omdat de fragiele, veel te hoge stilettohak haar niet meer kon houden.

Nee hoor, de show bij Heimanns was voorlopig haar laatste show als zwanger model geweest, het risico werd te groot en Evers moest het maar lekker zelf uitzoeken.

Misschien moest ze hem nog even bellen met het advies om één van de andere modellen een kussen onder haar jurk te stoppen? Dat was sowieso wel een goede tip. Waarom moesten de modellen eigenlijk echt hoogzwanger zijn? Een beetje vulling deed wonderen.

Haar mobieltje rinkelde opnieuw en Amber keek wat loerend naar het display. Als dat Evers was, dan...

Nee, het was Jade.

Oké, dat kon ze wel wagen. Ze was ook best benieuwd hoe het nu met die geheimzinnige tante Frieda zat. Ze had Jade sinds het verwarrende telefoontje van gisteren nog steeds niet gesproken.

"Hé Jade, leuk dat je even belt."

"Ja, dat denk ik eigenlijk niet," verklaarde Jade. "Ik kom je zo halen om naar Amersfoort te gaan."

"Woont die tante Frieda daar?" vroeg Amber.

"Tante... Tante wie?"

"Frieda. Daar belde je gisteren toch over? Of heb ik haar naam verkeerd verstaan? Het was best wel lawaaierig in dat vliegtuig."

"Oh die. Nee, die, eh... Dat komt wel een andere keer."

"Maar ze is toch bij je op bezoek geweest? Eergisteravond? Toch?"

"Nee, ze kwam aan de deur met een vaag verhaal over haar broer of zo. Maar ik moest naar bed, want ik had een vroege vlucht, dus ik heb haar weggestuurd."

"Haar broer?" vroeg Amber.

"Had ze maar een afspraak moeten maken," volgde Jade haar eigen gedachten.

Maar dat was Amber wel gewend. "Wat was er nou met die broer?" herhaalde ze.

"Weet ik veel. Dat horen we wel een keer. Volgens mij zit ze achter ons geld aan. Haar eerste zin ging over onze erfenis. Misschien denkt ze dat er voor haar nog wat te halen valt."

"Dat lijkt me stug, onze erfenis komt van tante Wies. En die heeft met onze familie verder niks te maken."

Jade reageerde niet en Amber staarde even nadenkend voor zich uit. "Was die tante Frieda misschien familie van tante Wies?" vroeg ze toen. "Want dan is het best mogelijk dat ze inderdaad recht heeft op…"

"Geen idee, Amber. Dat zeg ik toch net? Maar ik sta intussen voor je deur, dus ik zie je zo."

"Je staat voor de deur? Maar ik lig nog in bed."

"In bed? Dat meen je niet! Schiet even op, zeg. We moeten weg."

Er klonk geschuifel en een klap van een autoportier, maar daar lette Amber niet op. "Maar waar gaan we dan heen?" vroeg ze.

"Naar Amersfoort, Amber. Dat zeg ik toch net. En hou nou eens op met dat eeuwige getreuzel. Hup, je bed uit!"

Amber schudde koppig haar hoofd. "Ik wil eerst weten wat we in Amersfoort gaan doen."

"Ik persoonlijk weinig," antwoordde Jade losjes. "Maar jij loopt een show bij Weeberg Mode in de Langestraat."

"Wát? Ik loop een… Heeft Evers je zitten opjutten? Ik pieker er niet over om…"

"Natuurlijk pieker je daarover. Weeberg zoekt modellen voor de nieuwe dertigerslijn en als je nu al niet op komt draven, kun je die baan wel op je dikke buik schrijven."

"Weeberg zoekt…"

"Ja, als je baby er straks is, zit het werk er bij Evers op. En omdat je vorig jaar door mijn schuld bij Modehuis Grutters ontslagen bent, probeer ik je nu ergens anders onder dak te helpen. En dat gaat me lukken ook."

"Maar Jade, ik…"

Er klonk gestommel op de gang, de slaapkamerdeur ging met een klap open en Jade verscheen op de drempel. "Als je nu niet als de wiedeweerga uit dat luie nest van je komt, giet ik een emmer water over je kop," zei ze onparlementair.

"Maar Jade, ik…"

"Wil je een baan als model bij Weeberg of blijf je de rest van je leven achter de geraniums zitten?"

"Dat valt toch wel mee." Amber legde haar hand beschermend op haar dikke buik. "Als het kindje straks wat ouder is, kan ik altijd nog…"

"Nee, dat kun je niet," zei Jade kordaat. "Je bent bij Grutters de laan uitgestuurd en dat is niet bepaald een aanbeveling, dat snap je zelf ook wel. Dus gaan wij er vandaag voor zorgen, dat je een job bij Weeberg krijgt."

Al pratend liep Jade naar de wastafel, greep Ambers tandenborstel uit een glas en vulde het glas met water. "Nou wat gaat het worden? Een nat bed of een gewone douche?" Ze draaide zich om en hield het glas dreigend omhoog.

Amber kende haar tweelingzus langer dan vandaag. Die zag er geen been in om net zolang met water te gaan gooien tot de hele kamer nat zou zijn. En als dat niet hielp om Amber in beweging te krijgen, zou ze het plaatselijke fitnesscentrum bellen en wat stoere jongens opdracht geven om Amber uit bed te takelen. Jade vond dat zij, Amber, die show moest gaan lopen en wat Jade in haar hoofd had, zat nooit in haar tenen, zeg maar.

"Maar ik heb eigenlijk best last van mijn buik," probeerde Amber nog op een wat aarzelend toontje, maar Jade keek haar zus recht aan en trok toen een wenkbrauw op.

"De hele zaal zit straks vol met verloskundigen, je hebt ze voor het uitkiezen daar."

"Maar Noortje en Reinier moeten naar school en…"

"Noortje en Reinier zijn net samen weggefietst, ze hebben brood mee en ik heb ze uitgebreid nagewuifd. Die redden zich prima. En nu is het wel klaar met de smoesjes." Jade haalde uit, mikte Amber het glas water over haar hoofd en sloeg haar armen strijdlustig over elkaar. "En als je nu je bed niet uitkomt, laat ik een hijskraan komen," verklaarde ze.

Amber wreef zuchtend het water uit haar ogen. Haar zus was een schat, maar soms kon ze haar wel schieten!

"Het is allemaal voor je eigen bestwil, Ambertje," zei Jade met een grijns. "Kom op! Als jij nou gaat douchen, maak ik even een boterham en koffie voor je." Ze draaide zich op haar hakken om en liep energiek de slaapkamer uit.

Amber had nog heel even de neiging om weer lekker onder de dekens te kruipen en verder te slapen, maar ze snapte zelf ook wel dat haar zus daar geen genoegen mee zou nemen. Als ze ooit nog eens ging verhuizen, kreeg Jade geen sleutel meer!

Amber grinnikte. Ze ging niet verhuizen, en ze was maar wat blij dat ze zo'n superzus had. Oké, Jade mocht dan wel eens wat al te erg doordrammen, ze wilde haar voor geen goud missen. Dus schoof Amber uit bed, viste een handdoek uit de kast en stapte met onzekere passen naar de badkamer.

*

Een half uurtje later zat Amber naast Jade in de auto een broodje te eten. "Eigenlijk heb ik nog steeds best last van mijn buik," zei ze tussen twee happen door.

"Je klaagt al weken over last van je buik, dus daar trap ik echt niet in, Amber." Jade wreef over haar neus en pakte het stuur daarna weer met twee handen beet. "Ik snap jou niet, Amber Wilkens. Wat jij niet gedaan hebt om een baan als model te krijgen... Je bent zelfs met de meest foute man van de hele wereld getrouwd om maar bij Modehuis Grutters aan de slag te mogen. En nu kom je met smoesjes om maar niet aan het werk te hoeven."

Amber nam de laatste hap van haar broodje en wachtte even tot ze die achter haar kiezen had. "Ik ben nu niet in vorm, Jade. Snap dat dan. Heel erg letterlijk niet in vorm. Een fotomodel flaneert over de catwalk... Ik ben meer een rondstampende mammoet op dit moment."

"En daar is die *Laatste loodjes-lijn* nou precies voor bedoeld. Om de rondstampende olifanten en andere tientonners er toch nog goed uit te laten zien."

"Ach, dat kan toch haast niet meer. Moet je kijken wat een buik ik heb. Ik kan niet eens meer autorijden, omdat ik niet meer achter het stuur pas."

"Kom nou, zusje van me. Dat gelamenteer is toch niks voor jou? Over twee, drie weken ben je weer van die vracht af en dan krijg je nog spijt dat je niet wat meer van je zwangerschap hebt genoten."

"Weet je, ik geniet er ook wel van, maar het wordt allemaal zo zwaar. En ik slaap niet meer lekker en mijn rug doet zeer en mijn benen…"

"Maar daar krijg je straks dan ook wat voor terug. Toch?"

Amber zuchtte diep. "Ja, over een jaartje of wat heb ik er nog zo'n oervervelende puberdochter bij."

"Oh echt?" vroeg Jade gretig. "Wordt het een meisje? Heb je al een naam bedacht?"

Amber schudde haar hoofd. "Nee, het is meer bij wijze van spreken. Ik weet niet wat het wordt."

Jade knikte begrijpend en toen kwam er een ondeugende grijns op haar gezicht. "Het is meer bij wijze van klaagzang, ik snap het."

"Nou ja, ik…" mompelde Amber en ze voelde dat haar gezicht opeens knalrood werd van pure schaamte. Jade had natuurlijk gelijk, ze zat eigenlijk best wel een beetje al te erg door te zeuren.

"Maar je bent mijn zus en dan mag je best je hart even bij me luchten," zei Jade vrolijk. "Maar dat doet me denken, kijk even in het handschoenenvakje. Ik heb wat voor je uitgeknipt."

"Uitgeknipt?" vroeg Amber. Ze draaide zich een beetje op haar zij en probeerde het klipje van het handschoenenvak aan te raken, maar dat lukte niet best.

"Mijn armen zijn te kort of mijn buik is te dik," bromde ze. "En ik durf ook niet zo heel ver naar voren te gaan, want dan word ik topzwaar en lig ik zo op de mat."

"En dan kom je onder het handschoenenvak klem te zitten en moet ik een hijskraan huren om je weer los te peuren," grijnsde Jade. "Maar daar hebben we de hoek naar het Dierenpark al en aangezien de stoplichten voor mij altijd net op rood springen... Kijk, daar gaat hij al."

Jade remde af en zodra de wagen voor het rode licht stilstond, boog ze naar voren en viste een krantenknipsel uit het handschoenenvak.

Terwijl ze het verkreukelde stuk papier op Ambers schoot legde, begon de auto achter hen overdreven wild te toeteren.

Jade stak een hand omhoog en zwaaide daarmee wat heen en weer. "Ja, ja, aangebrande hupsakee, ik ben al weg."

Amber streek het wat verfrommelde knipsel glad en tuurde naar een plaatje van een vrolijke pinguïn met een gele snavel. Het beest droeg een zwart stropdasje en wees met zijn vlerk naar de woorden: *Psyquin maakt je sterker!*

"Wat is dit, Jade?"

"Interactieve zelfhulp op internet. Net wat voor jou."

"Omdat ik nu zo klaag, bedoel je?"

"Je bent nog steeds niet helemaal wakker, hè? Het is een internet-site waar je lessen kunnen volgen. Tegen slapeloosheid, faalangst en dat soort dingen."

"Maar ik heb helemaal geen faalangst," zei Amber fel en daarna vervolgde ze op een onzeker toontje. "Tenminste… dat geloof ik nou toch niet. Toch?"

Jade begon te lachen. "Lees nou maar."

"Maar ik heb gewoon geen zin in die stomme show. Dat heeft niks met faalangst te maken. En dat ik nou wat beroerd slaap, komt van die dikke buik."

"Uitstekend gededuceerd, mevrouw de afgestudeerde psycholo-ge," zei Jade op een overdreven hoog toontje en ze vervolgde met haar eigen stem: "Lees nou maar even."

Amber keek wat aarzelend opzij naar haar zus en legde daarna haar hand op haar gezwollen buik. "Af en toe wordt het allemaal best wel hard. Ik zit heus geen smoesjes te verkopen."

Jade trok een gezicht, tikte op het stukje krantenpapier en scha-kelde in dezelfde beweging.

Amber haalde haar schouders op. "Oké, oké, het heeft mijn vol-ledige aandacht." Langzaam liet Amber haar ogen over de regels gaan.

Last van slapeloosheid? Of piekert u veel? Psyquin helpt!
Psyquin is de naam van de eerste en enige interactieve zelf-
hulp website van Nederland. Bij Psyquin volgt u zelfstandig
en in uw eigen tijd een volledige digitale zelfhulpcursus.
Psychologische hulp via uw eigen computer, zonder dat u er

de deur voor uit hoeft. Dat kost minder tijd en een stuk minder geld.

Op dit moment kunt u bij Psyquin drie verschillende modules volgen:

– Greep op faalangst

– Minder piekeren

– Beter slapen!

"Heb je het uit?" vroeg Jade.

"Bijna, ja. Maar ik heb echt nergens last van, hoor. Ik kan die cursussen zelf wel geven."

"Hè, hè," zei Jade voldaan. "Ik dacht dat het kwartje nooit zou vallen."

"Wat, eh... wat bedoel je nou?"

"Bij Psyquin zoeken ze gekwalificeerde psychologen om nog meer van die cursussen te helpen ontwikkelen. Kijk maar onderaan." Jade kuchte en praatte door: "En dat lijkt me nou net wat voor jou, want dat kun je thuis doen als de baby slaapt."

"Verhip, zeg." Amber veerde op. "Je hebt helemaal gelijk."

"Je kunt per e-mail solliciteren. Als we straks terug zijn, moet je ze maar even een mailtje sturen. En nou mag je uitstappen, want we zijn er."

Amber worstelde zich moeizaam de auto uit. "Ik heb alweer een harde buik," klaagde ze. "Dat doet best wel pijn."

Maar de klacht was aan Jade niet besteed. "Niet zo doorzeuren, zusje van me. Nou weet ik het wel. Hup, aan het werk met jou."

"O*ns hoogzwangere model Amber showt hier een zwart jurkje uit de Laatste Loodjes-lijn,*" schalde het blikkerig uit de luidspreker langs de catwalk. "*Let u vooral ook even op de rode band die de zware buik perfect en tegelijkertijd toch modieus ondersteunt.*"

Onder luid applaus stapte Amber voorzichtig de brede traptreden af en liep de rode loper op. Hoewel haar hakken dit keer niet hoger waren dan drie centimeter had ze toch het sterke gevoel dat ze door een berg eieren liep te waggelen en ze moest heel erg haar best doen om rechtop te blijven.

Vanuit haar ooghoeken zag ze dat het behoorlijk druk was in het zaaltje dat de firma Weeberg Mode altijd voor haar modeshows gebruikte. Op de stoelrijen vooraan zaten zwangere vrouwen met buiken in allerlei soorten en maten die onder het genot van een glaasje vers geperst sap met bewonderende blikken naar Ambers outfit keken.

"*Zoals u ziet, kleedt deze outfit werkelijk prachtig af,*" zei de commentaarstem lovend en daar kon Amber het eigenlijk alleen maar mee eens zijn. Ze voelde zich weliswaar nog steeds een prehistorische dinosaurus, maar wel eentje die goed gekleed was.

Amber kwam aan het einde van de loper en zag Jade tussen het publiek zitten. En Jade trok gekke gezichten. Tenminste, Amber zag hoe haar zus haar tanden op elkaar zette en een brede tandpasta-glimlach produceerde. Daarna vormden haar lippen het woordje '*smile*'.

Amber begreep opeens dat ze er waarschijnlijk erg benauwd bij liep. Omdat ze zo bang was om te vallen, was haar mond zo verkrampt dat er geen grijnsje meer af kon. Maar ze moest juist vrolijk lachen. Daar had dit enthousiaste publiek recht op.

Dus plakte Amber een glimlach op haar gezicht en draaide haar bochtje. Gelukkig, ze was overeind gebleven.

"En het bijpassende bolerootje is dankzij de sluitflappen ook na de bevalling nog goed te gebruiken."

Amber trok de knoop van de bolero los, liet het publiek de lange repen stof zien en knoopte het gevalletje daarna weer dicht.

Terwijl ze langzaam terugliep naar de trap, flitste er opeens een felle pijnsteek door haar heen en op hetzelfde moment voelde ze een straaltje vocht langs haar benen lopen. Verschrikt bleef ze staan en greep kreunend naar haar buik.

Het was even heel stil in de zaal.

"Gaat het, Amber?" vroeg de commentaarstem.

Er golfde een nieuwe pijnscheut door haar heen en Amber hapte naar adem. "De baby," prevelde ze vooral tegen zichzelf. "Het is de baby."

Nog geen tel later voelde ze Jades arm om haar heen. "Amber, gaat het wel?"

"Nee, ik verlies vocht en ik heb opeens weer zo'n kramp."

"Oeps," bromde Jade. "Hoe kon ik nou weten dat je echt last van je buik had? Dan was ik natuurlijk nooit zo streng voor je geweest…" Ze stopte met praten en ging rechtop staan. "Mijn zus moet bevallen," brulde ze de zaal in. "Is er een verloskundige of dokter aanwezig?"

Maar Jades stem ging verloren in de drukte, want het publiek dat een minuut geleden nog ademloos naar de show had zitten kijken, was allang niet meer stil. Alle aanwezige vrouwen zaten zenuwachtig commentaar op de gebeurtenissen te geven, terwijl de mannen elkaar te midden van het gekwetter wat onwennig aan zaten te kijken.

"Dames en heren, mag ik even uw aandacht?" schalde de luidspreker door de herrie heen. "Is er misschien een arts of verloskundige aanwezig, die even naar Amber wil kijken?"

Er kwamen minimaal twintig vrouwen overeind die elkaar allemaal wat lacherig begonnen aan te kijken.

"Zullen we er maar om tossen?" riep er een en dat leverde haar een compleet applaus op.

Amber vond er niet veel meer aan. "Ik wil naar huis," kreunde ze.

"Dames en heren," klonk het uit de luidspreker. "Voor dit soort situaties heeft de firma Evers vanzelfsprekend een noodplan klaar liggen. We maken een kleedkamer vrij voor de aanstaande moeder. En dan hebben we nu een paar sterke mannen nodig die Amber daarheen willen dragen."

"Nee, dat hoeft helemaal niet," begon Amber, maar Jade knikte heftig.

"Je bent vruchtwater kwijt, dus je gaat niet meer lopen. Ha, kijk eens aan, die journalisten op de eerste rij komen al hierheen. Heb je nog voorkeur voor een leuke vent? Die met dat bruine krulhaar lijkt me wel wat."

Terwijl Amber nog zwakjes protesteerde, werd er een grote stoel de catwalk op gedragen.

"Ga maar zitten, Amber," zei meneer Evers. "Moeten we nog iemand voor je bellen?"

"Tom," prevelde Amber. "Tom moet komen, maar dat weet mijn zus wel." Ze liet zich voorzichtig op de stoel helpen en verwachtte niet anders dan dat ze meteen weggedragen zou worden.

Maar journalisten blijven natuurlijk journalisten en terwijl Amber het vruchtwater naar buiten voelde druppelen, namen de persmuskieten uitgebreid de tijd om Amber op de foto te zetten.

"Bent u al lang model?" vroeg er een en aan alle kanten kwamen er notitieblokken en microfoons tevoorschijn.

"Ik wil helemaal geen interview geven," begon Amber, maar Jade zag haar kans schoon.

"Amber is een ervaren model. Zoals u wel ziet, kun je altijd op haar rekenen. Ziek melden doet ze niet aan, mijn zus gaat altijd tot het naadje. Vóór haar zwangerschap was ze bij Modehuis Grutters in dienst en voor straks als de baby er is, zoekt ze een nieuwe job."

"Daar is met ingang van nu dan al meteen in voorzien. Amber gaat voor Weeberg Mode showen," verklaarde een donkere mannenstem.

"En u bent?" vroeg een journalist.

"Jan Weeberg van Weeberg Mode," antwoordde de man vrolijk. Hij ging achter de stoel staan en kneep Amber vriendschappelijk in haar schouder. "Even lachen voor de foto, meisje," fluisterde hij in haar oor. "Daar halen we alle kranten mee en dat is mooie reclame voor ons allebei."

Amber had totaal geen zin om te gaan lachen. Hard gillen vanwege de buikkramp kwam eerder. Maar toen ook Jade aan haar begon te plukken, trok ze haar mond in een brede grijns.

Aan alle kanten begonnen fototoestellen te klikken en daarna werd ze onder luid gejuich over de catwalk gedragen, de trap op, naar een zijkamertje in de buurt van de centrale kleedkamer, waar drie gezellig kletsende vrouwen Amber opwachtten.

In het midden van de ruimte was een verrijdbare, hoge stretcher neergezet, die bedekt was met een dikke papieren kraammatras. Er lagen twee grote kussens, wat incontinentiematjes en twee stapeltjes piepkleine babykleertjes in roze en blauw op het voeteneinde. Sokjes, rompertjes en twee heuse joggingpakjes. Op het blauwe pakje stond een enorme voetbal en op het roze een gele teddybeer met een strikje onder zijn kin.

In een hoek van de kamer stond een grote houten commode met daarop een kleurig babykussen dat versierd was met bruine beertjes, een knalrood wasbakje, een washandje en een grote beige weegschaal. Op het plankje erboven zag Amber een grote doos tissues, handdoeken, een keukenrol, een flesje baby-olie, talkpoeder en een flinke stapel papieren luiers.

De commentaarstem uit de luidspreker had niet overdreven. De firma Evers had aan alles gedacht.

Amber legde haar hand op haar buik. Ze voelde zich raar. Hoewel ze het al eerder had meegemaakt, kon ze zich ineens niet meer voorstellen dat er een echt kindje in haar buik zat. Een baby die straks die piepkleine kleertjes zou dragen.

Roze of blauw.

Een meisje of een jongetje…

Toen de gynaecologe destijds bij de echo had gevraagd of Amber wilde weten wat het ging worden, had ze meteen haar hoofd geschud. "Ik wil graag dat het een verrassing blijft," had ze gezegd. Maar nu had ze spijt van die beslissing. Ze wilde ineens ontzettend graag weten of haar kindje straks roze of blauw ging dragen!

Terwijl Amber moeizaam op de stretcher zakte, klikten de fotografen gezellig door en toen ook de cameraploeg van RTV Utrecht zich bij het clubje voegde, kreeg Amber het Spaans benauwd. Met een beetje pech werd de komende bevalling *live* op de televisie uitgezonden! Dan werd de nachtmerrie die haar bijna elke nacht uit haar slaap hield toch nog werkelijkheid...

Ondertussen liep één van de vrouwen met een brede glimlach op Amber af en stak haar hand uit. "Ik ben Hertha van Amerongen, gynaecologe van het UMC, en de dames daar bij de commode zijn Jolien en Kim, allebei verloskundige. Het is je derde kindje al, heb ik van je zus begrepen?"

Amber knikte.

"En de vorige keren geen problemen gehad?"

"Nee, maar het is de vorige kéér, enkelvoud. Ik heb een tweeling."

"En hoelang is dat geleden?"

"Een jaar of dertien."

"Oké. En je bent destijds in het ziekenhuis bevallen?"

Amber zag het zwerk opeens dreigen. Straks stuurde dit mens haar nog naar het ziekenhuis. Dat wilde ze niet. "Ja, dat klopt wel," zei ze snel. "Maar ik had me er nu erg op verheugd om thuis te kunnen blijven. Dat kon makkelijk volgens mijn verloskundige."

Hertha van Amerongen glimlachte verontschuldigend. "Thuis gaat zeker niet meer lukken. Als we je in een ambulance hijsen, wordt het natuurlijk ziekenhuis." In een automatisch gebaar schoof ze haar goudkleurige ziekenfondsbrilletje omhoog. "Maar laten we eerst maar even kijken hoe het ervoor staat, oké? Het is misschien ook niet nodig om je nog te verplaatsen."

"Wie is je verloskundige eigenlijk?" vroeg een van de verloskundigen belangstellend.

"Viola… Viola van Horsten. Ik woon in Soest."

"Oh Viola, die ken ik wel. Ik bel haar wel even. Misschien heeft ze nog bijzonderheden te melden."

Amber voelde een nieuwe pijnscheut en ze kreunde zachtjes. "Eh.. kunnen die fotografen weggaan? Ik voel me zo niet echt prettig met al die camera's."

"Tuurlijk stuur ik die weg." Hertha knikte. "Daar beginnen we meteen maar even mee." Ze draaide zich om en riep: "Heren, mag ik even uw aandacht?"

Maar uiteraard deden de *heren* net of ze Hertha niet hoorden.

Hertha trok een gezicht en liep naar de deur, die ze wagenwijd opengooide. "Joehoe, *gentlemen*, eruit met jullie!"

*

Terwijl Hertha haar uiterste best deed om de persmensen weg te sturen, pakte Jade haar mobieltje, scrolde naar het nummer van Tom en drukte op 'verbinden'.

"Politie Eemland, goedemiddag," zei een stem in Jades oor.

"Politie Eemland?" herhaalde Jade stomverbaasd. "Dan heb ik een fout nummer in mijn mobiel gezet. Sorry." Ze drukte de verbinding weg en liep naar Amber.

"Mag ik jouw mobiel even? Die van mij doet raar."

"Heb je Tom al gesproken?" vroeg Amber gretig. "Komt hij hierheen?"

"Nee, ik heb hem nog niet te pakken gekregen. Daarom wil ik je mobiel even lenen, bij mij staat zijn nummer er fout in. Of weet je het uit je hoofd?"

Amber tuitte haar lippen. "Eh ja, dat zou eigenlijk wel moeten. Het was iets met... nul, zes, acht... vijf, vier... en dan een twee, geloof ik. Maar het kan ook een drie zijn." Ze slaakte een diepe zucht. "Ik weet het niet meer. Het zit in het geheugen en ik scrol er altijd naar toe."

"Ja, dan is het ook onzin om het uit je hoofd leren," knikte Jade. "Dus wil ik dan toch je mobieltje even lenen."

"Het zit in mijn tas en die tas... die staat volgens mij ergens in de centrale kleedkamer. Die secretaresse die zo op een paard lijkt, past er op."

"Oké, ik ben zo terug."

Jade liep het kamertje uit en ging in de centrale kleedkamer op zoek naar Ambers tas, maar die was nergens te vinden. Speurend keek Jade de compleet verlaten kleedkamer rond.

Dat zou je altijd zien. Normaal viel je over de hoofden... Behalve als je iemand nodig had.

Dan moest ze maar bij de receptie gaan navragen... Wacht eens, stonden daar geen tassen boven op die kast?

Jade sleepte een stoel bij, klom er bovenop en graaide ongegeneerd door de tassen heen.

"Zoekt u iets, mevrouw Wilkens?" vroeg een deftige stem op een hele strenge toon. "U ligt toch te bevallen?"

Jade draaide haar hoofd opzij en keek naar de zwaar opgemaakte, geblondeerde, oudere dame schuin beneden haar.

Ze had een grote ronde mond met een dikke kin die een behoorlijk stuk vooruitstak. Met een beetje fantasie deed haar gezicht inderdaad aan een paardenhoofd denken en Jade moest moeite doen om niet breed te gaan grijnzen. "Ik ben Ambers tweelingzus en ik zoek haar tas," verklaarde ze losjes. "Ik moet haar man bellen."

"Oh, ik dacht ook al," zei de oudere dame afgemeten. "Dat zijn allemaal rekwisieten. Daar kunt u lang zoeken."

"En waar kan ik Ambers tas dan vinden?"

"Ik heb ze allemaal in mijn kantoor gezet. Hoe ziet hij eruit?"

Jade stapte omzichtig van de stoel. "Geen idee eigenlijk. Als ik hem zie, herken ik hem vast wel."

"Dat is eigenlijk niet gebruikelijk, mevrouw. Ik kan niet zomaar tassen meegeven."

"Amber kan nu even zelf niet en ik moet haar man bellen," zei Jade.

"Volgens mijn informatie is mevrouw Wilkens net gescheiden."

Jade snoof onhoorbaar. "Ik vind vriend een raar woord," verklaarde ze. "Is *huidige levenspartner* een woord dat u beter bevalt?"

De vrouw keek Jade zuur aan. "U lijkt wel erg op haar," bromde ze.

"Ja, dat heb je met eeneiige tweelingen," antwoordde Jade. "Weet u wat, mevrouw eh..." Ze stopte met praten en keek de vrouw vragend aan.

Die begreep wat er van haar werd verwacht. "Ik ben Riek van 't Woud en ik ben de privé-secretaresse van meneer Weeberg senior. En uw naam is?"

Jade stak met een professioneel stewardessenglimlachje haar hand naar Riek uit. "Ik ben Jade. Jade Veenstra."

De secretaresse gaf haar een klam, benig handje. "Prettig kennismaken, mevrouw Veenstra," zei ze op een toon die toch wel erg klonk alsof ze Jade wel kon schieten. "Loopt u maar even mee, dan gaan we kijken of we de tas kunnen vinden."

In het privé-kantoor stond het vol met tassen, maar gelukkig herkende Jade de kleurige schoudertas van haar zus meteen. "Daar staat hij. Gelukkig maar." Ze wilde de tas oppakken, maar de secretaresse hield haar tegen.

"Ik zei u net al dat ik geen tassen aan onbekenden meegeef," zei het mens streng. "Dat zou een mooie boel worden. Dus u kunt hier bellen en daarna berg ik de boel weer op."

Ze ging met de armen strijdlustig over elkaar gevouwen op de rand van het enorme kersenhouten bureau zitten en Jade begreep dat het mens de eigendommen van de modellen met haar leven zat te bewaken. En zij, Jade, altijd maar denken dat ze zo'n betrouwbare uitstraling had. Viel dat even tegen...

Jade besefte dat ze maar beter mee kon werken en plakte een

dankbaar glimlachje op haar mond. "Dat begrijp ik volkomen, mevrouw Van 't Woud," jokte ze en toen kreeg ze eindelijk de tas.

Snel viste ze Ambers mobiel tevoorschijn, scrolde door naar Toms nummer en drukte het knopje in.

"Politie Eemland, goedemiddag," zei dezelfde stem die ze zo'n zes minuten eerder ook aan de lijn had gekregen.

"Politie?" vroeg Jade verbaasd. "Bent u dat alweer? Daar begrijp ik niks van. Ik bel voor Tom van Reeswijk."

"Dit is inderdaad de mobiel van Tom van Reeswijk," verklaarde de stem.

"Oh, oké. Mag ik hem even?"

"Nee, dat zal helaas niet gaan."

"Helaas niet gaan? Hoezo helaas niet gaan? Zijn, eh.. vriendin ligt te bevallen. Hij moet onmiddellijk naar haar toe."

"Bent u zijn vriendin?"

Jade trok een gezicht. Echt weer iets voor een man om dat soort domme vragen te stellen. Alsof je zo'n bevalling er even bij deed, gewoon even losjes tussen het stofzuigen en de afwas door. "Nee, natuurlijk ben ik zijn vriendin niet, meneer. Die ligt een baby te krijgen. Dat zeg ik u toch?"

"Juist ja. En u bent Amber Wilkens?"

"Nee meneer, ik ben haar tweelingzus. Jade Veenstra. Ik bel met Ambers toestel, vandaar."

Er klonk wat gekuch aan de andere kant van de lijn en Jade keek met een scheef oogje naar Riek van 't Woud die duidelijk haar uiterste best deed om het gesprek zo goed mogelijk te volgen. Waarschijnlijk speet het 't mens vreselijk dat ze Jade niet heel groothartig de directie-telefoon had aangeboden, dan had ze een kamer verderop ongegeneerd kunnen staan meeluisteren. Zo'n type was het wel.

"Hier heb ik Tom van Reeswijk voor u," zei de politieman en er volgde een hoop gekraak.

"Amber, ben jij dat? Is alles goed?" hoorde Jade uiteindelijk Toms stem zeggen.

"Ik ben het, Tom. Jade. Ik bel met Ambers toestel."

"Dag Jade. Is alles goed met Amber?"

"Ja hoor, we zijn bij Weeberg Mode in Amersfoort. Amber liep een show en…"

"Ze liep een show?" vroeg Tom verbaasd. "Daar was ze toch voorlopig mee gestopt?"

"Er was een model uitgevallen, maar daar bel ik niet voor. Kun je zo snel mogelijk hierheen komen? De bevalling is begonnen. Weeberg Mode zit in de Langestraat, vlakbij V&D."

Er klonk een diepe zucht aan de andere kant van de lijn. "Ik… Het spijt me Jade, ik ben gearresteerd en ik kan geen kant op."

Jade vergat helemaal dat ze een luistervink had.

"Gearresteerd?" brulde ze verschrikt. "Waarvoor nou weer?"

"Een aanklacht van de Berinkjes. Ze beweren dat ik de burgemeester het water in heb gereden."

"En? Is dat zo?" flapte Jade er uit. Terwijl ze het zei, besefte ze zelf al dat het een duffe vraag was. Ten eerste was het niks voor Tom om iemand te vermoorden en ten tweede zou hij – met een agent naast zich – heus niet gaan roepen dat hij schuldig was.

Toms antwoord was voor Jade dan ook geen verrassing. "Nee,

natuurlijk niet," verklaarde hij. "Wil je meester Antons voor me bellen? Ik zit voorlopig in Baarn, dan weet hij het wel."

"Maar Tom, wat moet ik nou tegen Amber zeggen?"

"De waarheid natuurlijk. Ik moet helaas ophangen. Spreek je." Met een droge klik werd de verbinding verbroken.

"Nou, mooie boel, zeg," bromde Jade tegen zichzelf. "Tom zit in de lik. Hoe leg ik dat ooit aan mijn zusje uit?" Ze staarde wat suffig naar Ambers mobiel.

Opeens kwam er – als uit het niets – een benige hand tevoorschijn en gretige, veel te rood gelakte vingers graaiden het toestel uit Jades hand.

"Ik zal het telefoontje dan maar weer even opbergen, hè?" blaatte Riek van 't Woud genietend naast haar. "Of moet u nog naar andere gevangenisboeven bellen?"

"Het is uiteraard een misverstand." Jade merkte dat haar stem best wel geïrriteerd klonk en ze probeerde zo ontspannen mogelijk verder te praten. "Iets met een onbetaalde boete of zo. Het is altijd maar gezeur met die politie."

"Daar heb ik gelukkig totaal geen ervaring mee, mevrouw," antwoordde Riek op een venijnig toontje. "Ik verkeer niet in dat soort criminele kringen."

"Ik ook niet, hoor," zei Jade scherp, maar Riek keek haar aan alsof ze er geen bal van geloofde. Nou ja, dat was dan háár probleem, dacht Jade boos. "Ik ga weer eens even naar mijn zus," zei ze hardop.

"Goed plan." Riek knikte meelevend, liep naar de deur en gooide die ongastvrij helemaal open. "Wat ontzettend vervelend dat u zulk slecht nieuws voor uw zusje hebt." Riek slikte en liet het puntje van haar tong bijna verlekkerd over haar lippen glijden. "Het is me nogal niet wat als je *huidige levenspartner* in de cel zit, terwijl jij ligt te bevallen."

Daarna wees ze met een priemend vingertje naar de gang. "Dag mevrouw Veenstra. Ik wens u veel sterkte."

Jade snoof en trok haar schouders in een bruusk gebaar naar achteren. Maar op de drempel kon ze zich niet meer inhouden. Ze draaide zich half om en stak uitdagend haar tong uit naar de irritante secretaresse. "Ouwe knol," lispelde ze.

Maar Riek van 't Wout stond tevreden handenwrijvend uit het raam te kijken en miste Jades kleine protestactie volkomen.

Dus gooide Jade de deur met een klap achter zich dicht en ging haastig op weg naar de kleedkamer waar Amber lag. Maar na drie meter liep ze al vast in een haag van op sensatie beluste verslaggevers.

HOOFDSTUK 3

"Nog maar twee centimeter, Amber. Dan is er volledige ontsluiting," zei Hertha van Amerongen en ze draaide zich vrolijk glimlachend half om naar de twee verloskundigen die – met een gezicht op onweer – achter haar stonden. "Willen jullie ook nog even controleren?"

"Nee, dat is niet nodig. Er is alweer lang genoeg in Amber rondgewroet zo," antwoordde Kim Huiskens op een wrang toontje en ze streek in een automatisch gebaar een kastanjebruine lok achter haar oor.

"Helemaal mee eens," zei haar roodharige collega Jolien met een zuinig grijnsje.

"Ik vind het lastig, zo op locatie," bekende Hertha en ze keek er zowaar schuldig bij. "Normaal ben ik een verloskamer gewend. Daar is altijd voldoende licht."

"Dus had je het beter aan een van ons kunnen overlaten," zei Kim hatelijk en haar collega begon heftig te knikken.

"Ik ben hier het hoogste opgeleid," sneerde Hertha. "Dus was het heus mijn taak om Amber als eerste te onderzoeken."

"Ik wil niet vervelend doen," antwoordde Kim langzaam, "maar jullie gynaecologen zijn vooral opgeleid voor de probleemgevallen. Een normale zwangere vrouw – zoals Amber hier – krijgen jullie amper te zien."

Collega Jolien sloeg haar armen strijdlustig over elkaar. "Wij kunnen als het nodig is bij wijze van spreken in het stikkedonker ons werk nog doen."

"En wij doen de kraamvrouw geen pijn omdat wij het even niet kunnen voelen," vulde Kim aan.

Hertha van Amerongen trok een wenkbrauw op, maar verder deed ze net of ze het commentaar niet gehoord had. "Als jullie niet meer hoeven te kijken, zal ik de vliezen even strippen, dan komt de bevalling meteen goed op gang," zei ze gemaakt vrolijk.

"Als je het maar uit je hoofd laat," reageerde Jolien verontwaardigd. "Dat gestrip is nergens voor nodig, Amber moet even rustig de tijd krijgen om…"

"Wat is dat nou voor onzin?" viel Hertha haar in de rede. "Tijd is geld en bovendien heeft Amber haar baby dan des te sneller in haar armen."

"Die twee centimeter kan Amber heel goed zelf af. De natuur moet je niet dwingen," zei Kim en ze kwam kameraadschappelijk naast haar collega staan.

"Dus waag het niet!" vulde Jolien nog even aan.

Hertha van Amerongen keek naar de beide vrouwen en daarna kwam er een hele boze trek op haar gezicht. "Als jullie het dan zo goed weten, zoeken jullie het verder maar mooi samen uit. Ik heb per slot van rekening vrij vandaag."

Ze knikte nog een keer naar Amber. "Ik laat jou dan verder aan die twee, eh… *deskundigen* over." Ze legde extra nadruk op het woord *deskundigen* en het was maar al te duidelijk dat ze de kreet *beunhazen* veel beter vond passen. "Heel veel sterkte met de komende bevalling, Amber."

Amber keek verschrikt naar de wegzeilende Hertha. De gynaecologe gooide de deur van de kleedkamer met een driftig gebaar wagenwijd open, zodat er plotseling een horde opdringerige journalisten over de drempel walste, met een fanatiek filmende cameraman van RTV Utrecht helemaal vooraan.

Wat een geluk dat ze haar kleren alweer in model had gebracht, anders had ze finaal voor gek gelegen door de schuld van die Hertha.

Wat had dat rare mens ineens? Waarom rende ze zo boos weg?

Eerst had ze haar ontzettend veel pijn gedaan met dat rare onderzoek en nu liep ze maar gewoon weg, omdat ze het blijkbaar niet eens was met die twee verloskundigen. Dat was niet alleen ontzettend gemeen, maar ook nog eens ontzettend onprofessioneel!

"Altijd maar meteen op hun tenen getrapt, die gynaecologen," zei Kim uit de grond van haar hart. Ze spurtte naar de deur en begon die uit alle macht dicht te duwen, maar dat lukte natuurlijk niet best, want tegen een opdringende menigte begin je als vrouw alleen niet veel.

"Die mannelijke artsen zijn helemaal érg," zei Jolien, terwijl ze ook naar de deur rende om te helpen duwen. "Die kerels hebben allemaal een soort baarmoedernijd omdat ze zelf geen kinderen kunnen krijgen. Die rukken hele vrouwen uit model omdat ze geen zin hebben om de natuur haar gang te laten gaan. Zij moeten de controle hebben."

"Slagers en viespeuken," oordeelde Kim fel.

"Helemaal mee eens! Trouwens, heb je ooit al eens een vrouw ontmoet die penisdeskundige wilde worden?"

"Nee, natuurlijk niet. Mannen vinden zichzelf altijd helemaal fantastisch... Maar – *excusez le mot* – zo geweldig is zo'n slappe piemel nou ook weer niet."

Voor Jolien commentaar kon geven dook er een slanke gestalte onder de camera's door, die naar binnen glipte en daarna ook als een gek meehielp om Amber weer aan wat privacy te helpen.

"Jade," prevelde Amber opgelucht. "Ik dacht al dat je nooit meer terugkwam." Maar niemand hoorde haar.

De beide verloskundigen waren intussen duidelijk op hun zeep-kist beland, want al duwend discussieerden ze gewoon door.

"Mannen weten niks van vrouwenlichamen. Daar moeten ze ge-woon afblijven. Bevallen is een vrouwenzaak."

"Klopt als een bus. Toen de mannen zich een paar eeuwen gele-den met de kraamvrouwen begonnen te bemoeien, gingen die ineens achter elkaar aan kraamvrouwenkoorts dood."

"Omdat die vieze kerels regelrecht uit de snijzalen kwamen waar ze lijken hadden staan ontleden en nog te beroerd waren om hun handen even te wassen."

"Hè, bah." Jade griezelde. "Is dat echt zo?"

"Ja, mannelijke gynaecologen deugen voor geen meter," knikte Jolien op een toon alsof ze die woorden wel duizend keer had ge-zegd. Wat waarschijnlijk ook zo was. "Vrouwen moeten gewoon weigeren om naar zo'n onsmakelijk vent te gaan."

"Hoewel die vrouwelijke artsen vaak ook geen succes zijn," voegde Kim er nog even fijntjes aan toe. "Dat zie je nou weer aan die Hertha."

Amber voelde hoe de volgende wee haar overspoelde en ze be-gon heftig te kreunen. Wat stonden die verloskundigen daar nou voor onzin uit te kramen, terwijl zij zo'n pijn had? En Jade deed al net zo hard mee!

"Schiet eens op," smeekte Amber, maar haar woorden gingen verloren in de ratelende stem van Kim die overduidelijk nog lang niet was uitgepraat over het onderwerp *mannelijke artsen*.

"Help me dan toch!" riep Amber.

Jade keek verschrikt om, spurtte naar Amber toe en ging op de rand van de stretcher zitten. "Het is allemaal wat rommelig zo," zei ze verontschuldigend. "Ik weet ook niet wat ik moet doen. Zal ik anders je eigen verloskundige bellen? Hoe heet ze ook alweer?"

Amber schudde haar hoofd en gebaarde in de richting van de verloskundigen. "Kim heeft Viola al gebeld, maar die heeft spreekuur. Waar is…"

"Dus we zitten definitief met dat stel mannenhaters opgezadeld." Jade schudde haar hoofd. "Zijn we klaar mee."

Amber vertrok haar mond tot een grimas. "Ik heb zo'n pijn. Waar blijft Tom?"

Jade streelde haar zus even over haar voorhoofd en sprong daarna op. "Komen jullie Amber nou onderhand eens helpen?" brulde ze.

"Ze moet die wee nog maar even weg puffen," viel Jolien zichzelf losjes in de rede. "Eerst moeten die persmuskieten hier weg." Ze keek zoekend om zich heen. "Hangt er hier ergens een brandspuit? Misschien kunnen we daar wat mee? Ze zijn niet voor rede vatbaar."

"Geen spuit, maar wel een kraan," zei Jade. "Wacht maar." Ze draafde energiek naar de wastafel en ging op onderzoek uit in het kastje eronder. Triomfantelijk kwam ze even later met een emmer tevoorschijn, die ze onder de kraan vulde.

"En nu opgehoepeld allemaal," riep ze boven het lawaai uit.

Niemand reageerde en Jade stapte kordaat naar voren. "Wegwezen!" brulde ze opnieuw en daarna smeet ze de inhoud van de emmer zonder aarzelen over het ploegje journalisten heen.

Die stapten proestend en scheldend achteruit en de beide verloskundigen knalden de deur razendsnel dicht.

Er daalde een weldadige rust over de kleedkamer neer.

"Hè, hè, wat een gedoe zeg," bromde Kim. "Dit heb ik nog niet eerder meegemaakt."

"Ik ook niet en dat maakt ons vak natuurlijk ook zo leuk," zei Jolien genietend.

Amber kreunde opnieuw.

"Het gaat lekker hoor, meisje. We zullen zo wel even kijken. En maak je geen zorgen, bij ons gaat dat helemaal pijnloos."

"En zo is dat toevallig ook nog eens een keer," vulde Kim op een voldaan toontje aan.

*

"Jade? Jade, waar is Tom?" vroeg Amber. "Wanneer komt Tom nou?"

Jade liep naar haar zusje toe en ging weer op de rand van de stretcher zitten. "Hij, eh…" Ze stopte aarzelend met praten en Amber besefte meteen dat haar zus niet wist wat ze moest zeggen.

Amber voelde hoe haar hart een paar tellen oversloeg en haar mond werd helemaal droog. "Er is toch niks ergs gebeurd? Wat is er met hem? Is hij…"

"Welnee. Rustig nou maar, er is niks bijzonders met hem. Maar, eh… Reken er maar niet op dat hij snel komt. Het is erg druk op de weg."

"Druk op de weg? Maar Toms kantoor is hier om de hoek. Hij kan het lopen."

"Hij was per ongeluk naar Soest gereden en er is een opstopping op de Birkstraat," verklaarde Jade losjes. "En nou kan hij niet meer voor of achteruit. Dus voorlopig komt hij niet." Terwijl ze het zei, keek ze belangstellend naar de deur en in haar linkerooghoek begon een spiertje te trillen.

"Jade, je oog trilt, dus je zit smoesjes te verkopen. Waarom komt Tom niet?"

Jade haalde haar schouders op. "Dit ga je niet leuk vinden," prevelde ze langzaam.

Ambers mond werd nog droger en haar hart begon als een razende in haar keel te kloppen. "Wat is er dan? Heeft hij toch een ongeluk gehad? Dat je dat niet durft te zeggen?"

"Nee joh, zo erg is het allemaal niet. Het is Vincent weer. Die heeft Tom laten arresteren."

"Wat? Vincent heeft Tom laten arresteren?" gilde Amber en daarna greep ze kreunend naar haar buik. "Au! Waarom moet dit toch zo zeer doen?"

"Wees maar blij dat die rare gynaecologe je vliezen niet heeft gestript," zei Jolien opgewekt. "Dan lag je pas echt te jodelen op die stretcher van je. Ik ga trouwens mijn handen even ontsmetten en dan ga ik nog even controleren hoe ver je bent."

"Goed plan," vond Kim. "Die duffe trut van een gynaecologe deed niks dan dom rondwroeten, die wist duidelijk niet wat ze aan het doen was."

"Misschien loopt ze nog stage, dat ze daarom zo hoog van de toren blies?"

"Alle kans op. Zal ik dan intussen de spullen even klaarleggen? Er moet daar in de hoek een compleet kraampakket staan. Dat beweerde die Evers tenminste."

Ambers wee trok langzaam weg. "Waarom hebben ze Tom gearresteerd?" vroeg ze dringend. "Zeg het nou gewoon."

"Hij zit in Baarn," antwoordde Jade. "Op het bureau."

"Dat vroeg ik niet. Ik vroeg waarom? Wat heeft hij dan gedaan?"

"Niks," bromde Jade. "Hij heeft niks gedaan. Volgens hem zelf dan."

"Waarom zeg je dat zo? Geloof je hem niet? Toe nou, Jade. Wat is er aan de hand?"

"Mag ik er even bij, Jade?" vroeg Jolien. "Ik ga Amber nog heel even toucheren."

"Ik wil eerst weten waarom Tom op het bureau zit," brulde Amber vertwijfeld. "Wat heeft Vincent tegen hem?"

"Als je dat nou nog niet weet," antwoordde Jade.

"Jade, doe nou niet zo stom. Ik…" Amber greep alweer naar haar buik. "Au! Ik wil geen weeën meer! Ik wil Tom!"

"Tom is van moord beschuldigd," flapte Jade er uit.

"Wat!" schrok Amber. "Moord? Op wie dan?"

Jade haalde haar schouders op. "De Soester burgemeester is toch het water ingereden?"

"Wat? Beweren ze dat Tom daar iets mee te maken heeft?"

"Yep, daar gaat het om."

"Maar dat kan helemaal niet. Hij was de hele nacht bij mij."

"Dat moeten we dan maar meteen aan meester Antons…" begon Jade. "Verhip, helemaal vergeten."

"En nu is het wel klaar hier," zei verloskundige Jolien streng. "We gaan nu eerst even bevallen." Ze schoof Jade resoluut opzij. Jade liet zich als een tam schaapje wegsturen en haalde haar mobiel tevoorschijn.

"Meester Antons?" hoorde Amber haar zeggen. "Met Jade Veenstra. Wat goed dat ik u tref. We hebben weer eens problemen met Vincent Bering en zijn vader."

Jade was een poosje stil en luisterde aandachtig. "Ja klopt, het gaat om Tom Enzinga. Die is gearresteerd, vanwege… Wat? U wist dat al… De tamtam zegt u? Maar luistert u eens, hij was de hele nacht bij mijn zus… Ja, die kan dat natuurlijk getuigen. Prima, we houden contact." Jade drukte de verbinding weg. "Meester Antons gaat er gelijk heen. Hij had het nieuws al gehoord."

"Die ellendige Vincent," kreunde Amber. "Hij wil Noortje en Reinier van me afpakken. Daarom moet hij Tom kwijt. Omdat Tom mij beschermt."

"Vincent kan je niks doen," zei Jade fel. "Ik ben er ook altijd nog."

"Je hebt volledige ontsluiting," concludeerde Jolien. "En alles zit zoals het hoort, dus bij de volgende wee kunnen we gaan persen."

Amber voelde een nieuwe wee aankomen, maar ze had totaal geen zin om te gaan persen. Sterker nog, ze had helemaal nergens meer zin in. "Ik wil niet persen. Ik wil naar huis!"

"Dat gaat nu niet, Amber. De baby komt eraan."

"Maar ik wil helemaal geen baby. Ik wil slapen! Ik wil naar Tom. Au! Ik wil niet meer!"

"Het hoofdje staat al," zei Jolien. "Pers maar mee. Kom op, mee persen."

"Het doet pijn," gilde Amber. "Ik wil niet!"

"Oké, nu even puffen en dan wachten we heel even op de volgende wee."

"Au!" brulde Amber.

"Jade, hou jij haar hand even vast, dan heeft ze wat steun."

Amber voelde hoe Jade haar hand pakte. "Nog even doorzetten, Amber. Je kunt het, je hebt het al vaker gedaan."

"Au!"

"Daar komt de volgende wee. Nu mee persen. Kom op!"

Er spoelde een nieuwe golf van pijn over Amber heen en het lamlendige gevoel dat ze daarnet nog had gehad, maakte opeens plaats voor een enorme oerkracht. Ze moest persen! Haar kindje moest eruit.

"Goed zo, Amber," riepen de verloskundigen in koor. "Zo gaatie goed. En nu even wachten... En puffen..."

Maar Amber luisterde nergens meer naar en perste alsof haar leven ervan afhing.

"Puffen, Amber. Even wachten!"

Maar Amber perste door. Er flitste een snijdende pijn door haar buik en even had ze het gevoel dat ze ergens diep van binnen een schop kreeg. Nog geen tel later glibberde er iets warms tussen haar benen door en ergens ter hoogte van haar knieën begon een baby te huilen. Verwilderd kwam ze overeind op haar elleboog en zag een krijsend kindje tussen haar benen liggen. Het was roze en wit en zat onder het bloed. Zwarte haartjes zaten tegen een puntig hoofdje geplakt en uit het buikje kronkelde een dunne blauw-witte slang.

"Een jongetje, het is een jongetje," fluisterde ze.

Er kwamen twee witte bloederige handschoenen in beeld die het kindje voorzichtig optilden en op haar buik legden.

"Hier is je zoon, Amber. Gefeliciteerd." Al pratend drapeerde Jolien zorgzaam een schone katoenen luier over het kindje heen.

Amber sloeg haar armen beschermend om haar huilende baby'tje heen. "Stil maar, lieverdje, mama is er voor je. Mama zal altijd voor je zorgen."

Ze streelde de zwarte haartjes en liet haar wijsvinger over het tere gezichtje glijden. Het was een onbekend gezichtje, maar tegelijkertijd was het ook heel vertrouwd. Het had Noortjes ogen en het neusje van Reinier.

"Wat een mooi kindje," hoorde ze Jade zeggen. "Hij lijkt op jou. Weet je… als ik dit zie dan…"

Amber keek op naar haar zus. Jades mond was vreemd vertrokken en in haar ogen glinsterde een traan.

"Ik wil geen kinderen, hoor," zei Jade op een gemaakt toontje, maar er lag duidelijk een snik in haar stem. "Ik wil echt geen baby. Veel te lastig. Niks voor mij."

Amber knikte. "Ja, en dit is ook helemaal geen wereld voor nieuwe mensenkinderen. Ik weet best wat je altijd zegt."

"Hij ruikt zo lekker," snufte Jade. "Zo, helemaal naar… naar léven." Ze haalde diep adem. "Wat zeg ik nou weer voor geks?"

"Ik begrijp je wel," zei Amber. "Zo'n baby'tje, dat is het leven zelf. Alles zit erin."

Jade tilde de luier een stukje op. "Alles zit eraan. Handjes en vingertjes en teentjes… Het is helemaal compleet."

Amber zuchtte diep. "Gelukkig maar. Als moeder ben je altijd bang dat er iets mis zal zijn."

"We gaan het kindje afnavelen, Amber. Heb je al een naam?"

"Michel," zei Amber. "Zo heette onze pap."

"Welkom op de wereld, Michel," zei Jolien. Ze schoof de luier wat omhoog en klikte een gele plastic klem om de navelstreng. Daarna hield ze een schaartje in de lucht. "Mag je zus de navelstreng doorknippen?"

Amber knikte. "Ja, als ze dat wil."

"Tuurlijk wil ik dat," zei Jade. "Dat heb ik bij Noortje en Reinier ook gedaan." Ze pakte het schaartje van Jolien aan en aarzelde. "Het is…" Ze slikte heftig. "Het is best wel even emotioneel, hè? Als ik dit doorknip dan… Zolang het nog in je buik zit, is het helemaal van jezelf en nu gaat het de wijde wereld in."

Er gleden tranen over Jades wangen en haar hand bibberde een beetje toen ze met een resolute beweging de navelstreng doorknipte. "Ik wens je veel geluk en liefde en gezondheid en alle goeds wat je maar bedenken kunt, lieve kleine Michel," fluisterde ze.

*

Een halfuurtje later lag Amber frisgewassen met haar kindje in haar armen op de stretcher. Alles was helemaal goed. De kleine Michel was kerngezond, de nageboorte was zonder problemen naar buiten gekomen en Amber was wel erg moe, maar verder voelde ze zich super.

"Zo, helemaal voor elkaar," zei verloskundige Jolien tevreden. "We gaan een ambulance voor jullie regelen en dan mogen jullie naar huis."

Er klonk een korte klop op de deur.

"Ik doe wel even open," zei Jade. "Het zijn vast die journalisten weer."

Het waren de journalisten niet, maar de modetyconen Evers en Weeberg die met een brede grijns op hun gezichten en uitgestoken handen op Amber af kwamen stappen.

Amber wist even niet welke hand ze het eerste moest vastpakken, maar dat losten de heren werkgevers zelf al elegant op. Weeberg deed een pasje opzij terwijl Evers een grotere stap nam, zodat hij als eerste bij Amber aankwam.

Voor Amber het kon voorkomen, drukte Evers een kleverige zoen op haar wang. "Van harte gefeliciteerd, meisje," riep de oude bok op een toon alsof hij al jaren tot haar intieme vriendenkring behoorde. "En ik hoop dat je heel snel weer zwanger bent, dan maken we graag opnieuw van je diensten gebruik!" Hij trok er een gezicht bij alsof hij er geen enkel bezwaar tegen had om Amber hoogst persoonlijk weer in zo'n gezegende positie te brengen.

Evers kneep nog even vertrouwelijk in Ambers hand en deed gedienstig een stapje opzij om ruimte te maken voor Jan Weeberg, die het ook erg nodig vond om haar ongegeneerd af te lebberen. Waarschijnlijk hapte hij daarbij in de kwijl van Evers, want zijn lach werd opeens een stuk minder vrolijk en Amber zag hem wat tersluiks over zijn lippen vegen. "Van harte gefeliciteerd, Amber," wist hij er toch nog redelijk gemeend uit te brengen. "En welkom in ons Weeberg-team!" Hij haalde een papier uit zijn zak, overhandigde dat aan Amber en hield een pen voor haar neus.

Amber keek Weeberg wat verbaasd aan.

"Dat is je contract voor een baan als model bij onze firma, Amber. Ik laat zo de pers even binnen, dan kunnen we er even een officieel promotiemomentje van maken."

Amber keek wat scheefjes naar het contract.

Sinds Vincent haar er een paar jaar geleden lelijk had ingeluisd met de huwelijkse voorwaarden die ze destijds in vol vertrouwen ongezien had ondertekend, was Amber wat huiverig geworden voor contracten.

"Zal ik de pers dan maar binnenlaten?" vroeg Weeberg met een brede grijns.

"Ik vind het fantastisch om voor u te komen werken," antwoordde Amber, "maar ik wil het allemaal eerst liever nog even doorlezen, als u het niet erg vindt."

Weeberg vond het wél erg en zijn gezicht betrok. "Ik rond mijn zaken maar liever zo snel mogelijk af," zei hij wat stuurs.

Jade stootte haar aan. "Ik heb het contract daarnet al even uitgebreid doorgelezen. Niks mis mee." Ze pakte de pen van Weeberg aan en duwde die in Ambers hand. "Ik hou Michel zolang wel even vast." En zonder op antwoord te wachten, pakte Jade de baby van Amber af.

Tenminste, zo voelde Amber dat. Waarom konden ze haar nou niet gewoon met rust laten? Ze had zich net nog zo gelukkig gevoeld, zo met haar baby'tje knus tegen zich aan. Wat moest ze met al die drukte? Ze was hartstikke moe!

"Lees nou maar even," drong Jade aan. "Het is een hartstikke goed contract. Een kans uit duizenden."

"Zo is dat," verklaarde Weeberg.

Amber raakte er niet van in de stemming om het contract te gaan lezen, maar ja, iedereen keek haar zo vol verwachting aan...

Zuchtend vouwde ze het document open en liet haar ogen over de regels glijden. Het was een contract voor een jaar en mevrouw Amber Wilkens verplichtte zich om in die periode uitsluitend voor Weeberg Mode te showen. *Werktijden in overleg.*

"Zie je wel dat je je hier geen buil aan kunt vallen?" riep Jade opgewekt. "De firma Weeberg is een betrouwbare zaak."

Vanuit haar ooghoeken zag Amber hoe het gezicht van Jan Weeberg helemaal begon te stralen.

Nou ja zeg, was die vent even gevoelig voor vleierij... Eigenlijk hield ze daar helemaal niet van, maar ja... Een baan als model bij een zaak als Weeberg Mode was natuurlijk ook het neusje van de zalm. Weeberg Mode was minimaal net zo bekend als de firma Grutters waar ze vroeger met zoveel plezier voor geshowd had.

"Ik kom graag bij u in dienst, meneer Weeberg," zei ze zo enthousiast mogelijk.

"Zeg maar Jan. Ik roep het perscanaille even binnen. Moment." Hij stapte naar de deur en gooide die wagenwijd open. "Dames en heren, ons model Amber is nu volledig beschikbaar voor een korte persconferentie."

Amber wist niet wat ze hoorde. Een persconferentie? Nee toch? Ze was net bevallen. Ze wilde naar huis!

Maar het leed was natuurlijk al geschied en in een mum van tijd stond het kleine kamertje vol dringende journalisten met de cameraploeg van RTV Utrecht helemaal vooraan. Een paar tellen later had ze de eerste microfoons al onder haar neus.

"Hoe ging de bevalling, Amber?" vroeg een mannenstem opgewekt. "Nog ingeknipt?"

Amber trok haar wenkbrauwen verschrikt omhoog. Wat een vraag, zeg! Hoe durfde die vent?

Toen ze wat beter keek, herkende ze de reporter ineens. Dat was Stefan Kouwenaar, de mannelijke tegenhanger van het Soester roddelkanon Ida Piersma. Maar deze vent was een *beroepsroddelkont* en dat maakte hem gevaarlijk. Hij presenteerde dagelijks het bekende *reality* tv-programma *Utrecht in Tranen.* Als er maar ergens in de regio iets akeligs gebeurd was, stond Stefan Kouwenaar vooraan om de slachtoffers nog wat dieper in de put te helpen met diepte-interviews in de trant van *'Je hebt zeker erg veel pijn aan die gebroken heup, alle kans dat het nooit meer goedkomt'* en *'Mijn zwager is door zo'n ongeluk ernstig impotent geraakt, dus hou er maar vast rekening mee dat je nooit meer nor-*

maal zult kunnen vrijen.'

Amber wist niet wat ze zeggen moest, want Stefan Kouwenaar kreeg het altijd gedaan om de meest onschuldige opmerking nog helemaal verkeerd uit te leggen. Dus kon ze maar beter haar mond houden, hoewel een dergelijke houding voor een draaiende televisiecamera natuurlijk ook geen succes was.

Maar vóór de situatie echt pijnlijk kon worden, hielp verloskundige Jolien haar gelukkig uit de brand. "Het is allemaal prima verlopen," riep Jolien en ze keek opgewekt de camera in. "Een paar stevige persweeën en hup, daar was de baby al."

Met die opmerking kon Kouwenaar niet veel, dat was hem aan te zien. Maar daar liet de door de wol geverfde journalist zich natuurlijk niet door uit het veld slaan.

"Wat vind je er nou van dat je alleen moest bevallen, Amber?" vroeg hij met een vals grijnsje.

Amber deinsde verschrikt een stukje achteruit. Ze had het gevoel dat Stefan haar geslagen had. Hoe wist die vent dat nou? Dat ging hem toch niks aan?

"Verdrietig hè, zo zonder de vader van je kind?" ging Stefan pesterig door. "Je mag er gerust even om huilen, hoor."

Amber slikte heftig een paar kraamvrouwtranen weg. "Ik was niet alleen, mijn zus heeft me bijgestaan. En Kim en Jolien hebben me natuurlijk ook fantastisch gesteund." Haar stem was akelig schor en ze schraapte zo onopvallend mogelijk haar keel.

"Kim en Jolien zijn de verloskundigen die de bevalling gedaan hebben, dames en heren," zei Stefan tegen de camera. "Nietsvermoedend zaten ze in de grote zaal van de enerverende show van de firma Weeberg Mode te genieten, toen Ambers weeën opeens begonnen."

Hij draaide zich weer naar Amber toe en begon met overdreven bewegingen om zich heen te kijken. "En waar blijft de nieuwbakken papa nu? Is hij al onderweg?"

Amber wreef over haar neus. "Ik ga zo naar huis en dan zie ik hem daar."

"Je gaat zo naar het Huis van Bewaring, bedoel je?" vroeg Kouwenaar met een valse grijns. "Ga je de vader van je kind in de cel opzoeken?"

Ambers keel kneep helemaal dicht. "In de... de..." stotterde ze verbijsterd. Hoe wist die vent nou van Tom? Wie had hem dat verteld? "Jade?" fluisterde ze en ze keek hulpzoekend naar haar zus. Maar Jade haalde met een onschuldig lachje lichtjes haar schouders op en maakte daarna een opvallend knikje in de richting van de overkant van het zaaltje.

Amber volgde haar blik. Bij het raam stond een zwaar opgemaakte, geblondeerde, oudere dame met een paardengezicht duidelijk geweldig van de situatie te genieten.

Riek van 't Woud? Bedoelde Jade dat die rare secretaresse de pers over Tom had verteld? Maar hoe kon dat mens nou weten dat Tom vast zat?

Intussen praatte Stefan Kouwenaar opgewekt verder. "Zo'n gevangenis is toch niks voor zo'n lief baby'tje, Amber? Dat kun je zo'n kindje toch niet aandoen?"

"Gevangenis?" prevelde Amber. Tot haar ontzetting voelde ze een traan in haar ogen branden en die veegde ze haastig weg.

Ze zag de camera op Michel inzoemen en Stefan zei op een gedragen toontje: "Ja, dames en heren. Terwijl dit lieve baby'tje geboren werd, zat zijn vader in de cel." Stefan duwde de microfoon weer onder Ambers neus en tegelijkertijd werd het akelig stil in het kleine zaaltje. "Wat vind je er nou van dat de vader van je kind een moordenaar is, Amber?"

De woorden gonsden door de kleine ruimte en iedereen hoorde modetycoon Jan Weeberg naar adem snakken. "Wát? Wát zegt die vent. Een moordenaar?"

"Dat is helemaal niet waar!" riep Amber boos.

Kouwenaar lachte hatelijk. "Wil je nou echt beweren dat Tom Enzinga niet in de cel zit? *Excusez le mot*, maar je liegt dat je barst, Amber Wilkens. De vader van dit lieve onschuldige wezentje heeft de burgemeester van Soest vermoord."

Amber werd ontzettend kwaad en verloor alle voorzichtigheid uit het oog. "Dat is een valse beschuldiging!" snauwde ze. "Mijn ex probeert hem erin te luizen."

"Je ex, Amber? Dat is toch de beroemde strafpleiter Vincent Bering?"

Amber knikte.

"Een fantastische advocaat met een hele betrouwbare reputatie?"

Amber snoof.

"En Tom Enzinga is een inbreker met een gevangenisverleden?"

"Tom was de hele nacht bij mij," zei Amber fel. "En bovendien is hij…"

Voor ze haar zin af kon maken, stapte Jan Weeberg tussen de ca mera en de stretcher waar Amber op lag. Met een kordate beweging rukte hij het nog niet getekende contract en de peperdure designpen uit Ambers handen.

"De firma Weeberg Mode wil met moordenaars niks te maken hebben," snauwde hij. "Je kunt het verder wel vergeten." Hij draaide zich naar de camera om en terwijl hij het contract in kleine snippertjes scheurde, herhaalde hij zijn boodschap nog even recht in de camera. Daarna worstelde hij zich door de haag van verslaggevers heen en bonkte de kleedkamer uit, op de voet gevolgd door een al even ontzette Evers die ook niet wist hoe snel hij weg moest wezen.

"En nu is Amber ook nog ontslagen!" riep Stefan Kouwenaar dramatisch. "Bij twee werkgevers tegelijk!" En met een kort gebaar liet hij de cameraman weer inzoemen op de kleine Michel. "Arm, arm kindje... Je vader zit in de cel en je moeder wordt een nutteloze uitkeringstrekker waar de samenleving ook niks aan heeft. Wat moet er van jou worden?"

Amber kon er niet meer tegen en barstte in huilen uit.

De camera draaide direct naar haar toe en haar verwrongen natte gezicht verscheen frontaal in beeld.

"Dit was Stefan Kouwenaar voor *Utrecht in Tranen*. Aangrijpend regionaal drama rechtstreeks in uw huiskamer. Bedankt voor het kijken en ik zie u graag morgen weer op dezelfde tijd. Goedemiddag!"

HOOFDSTUK 4

"Het was die achterbakse Riek van 't Woud," zei Jade boos. "Dat mens heeft me ongegeneerd staan afluisteren en zich daarna bij dat stuk verdriet van een Stefan Kouwenaar ingeslijmd."

Het was half vier in de middag en na een hoop tumult waren de twee zussen eindelijk met de baby op weg naar Soest. In de ambulance. Amber lag op de brancard waarvan het hoofdeinde omhoog was geklikt en Jade zat op het stoeltje ernaast. "Het is jouw schuld niet, Jade. Dat mens deugt gewoon niet, ik heb het al eerder met haar aan de stok gehad."

"Had je dan al eerder bij Weeberg geshowd?" vroeg Jade. "Daar heb ik je toch nooit over gehoord?"

"Nee, het gebeurde een paar maanden geleden bij een show in Woudenberg. Toen vond dat rare paard dat de modellen van Evers niet in de centrale kleedkamer mochten komen. Was alleen voor de Weeberg-dames, beweerde ze. En wij moesten ergens achteraf in een stinkend hok dat normaal dienst deed als bezemkast. Je kon je kont er niet keren."

"En jij pikte dat niet?" knikte Jade begrijpend.

"Klopt, ik heb flink stennis staan maken en toen mochten wij uiteindelijk ook in de grote kleedkamer."

"En toen was zij natuurlijk kwaad op je."

"Ze was echt razend. Ze zou het me nog wel een keer betaald zetten, riep ze."

"Nou, dat was dan bij deze." Jade zuchtte. "Wat een puinhoop. Dat tv-programma wordt ook nog eens tig keer herhaald. Je staat er gekleurd op."

Amber keek triest. "Het is mijn eigen schuld dat het zo misliep."

"Jouw schuld? Hoe kom je daar nou bij? Die vent is een manipulator van het ergste soort, die heeft ervoor doorgeleerd om mensen helemaal op de kast te jagen. Goed voor de kijkcijfers."

"Maar als psychologe had ik hem toch beter moeten doorzien."

"Kom nou toch. Je was amper bevallen. Dan zitten de kraamvrouwtranen bij de meeste meiden toch al flink hoog."

"Ja, maar ik heb vorig jaar de keuzecursus 'manipulators en hun slachtoffers' gevolgd. Ik had er omgerekend een negen voor. Ik had die vent gewoon van repliek moeten dienen."

Jade schudde haar hoofd. "Wat is dat toch met jou, Amber Wilkens, dat jij jezelf altijd overal maar de schuld van geeft? Die vent deugt voor geen millimeter en daar kun jij helemaal niks aan doen."

"Maar ik had gewoon vanuit mijn eigen kracht…"

"Laat maar, Amber. Ik zou het liefste een klacht tegen die vent indienen, maar ja…"

"Dan maak je het alleen maar erger, zusje. Ik kijk gewoon voorlopig niet naar RTV Utrecht, dan waait het wel over."

Jade knikte langzaam. "Normaal ben ik niet zo in voor die struisvogelpolitiek van jou, maar in dit geval… Ja, goed plan." Ze rekte zich uitgebreid uit. "Al heb je best kans dat het filmpje in de komende eeuwen nog op YouTube rondzwerft."

"Dat zien we dan wel weer," prevelde Amber.

De ambulance ging nog langzamer rijden en sloeg een hoek om. Amber keek op haar horloge. "Noortje en Reinier zullen zo wel uit school komen. Wat zullen ze opkijken!"

"Dat denk ik ook. Als het goed is, is zuster Speelman er intussen ook. En de kraamhulp natuurlijk."

"In de tijd dat zuster Speelman voor tante Wies zorgde, had ik helemaal geen hoge pet van haar op," bekende Amber. "Maar ze is honderd procent meegevallen."

Jade knikte. "Best fijn dat we geld geërfd hebben, hè? Anders was zo'n privé-verpleegster niet te betalen geweest."

"Ja, tante Wies zorgt nog steeds voor ons." Amber zuchtte diep. "Wat zou ze trots geweest zijn op haar nieuwe kleinkind."

"Reken maar van *yes*." Jade snufte. "Wil je wel geloven dat ik haar nog steeds heel erg mis?"

Amber voelde de tranen alweer in haar ogen prikken. "Ze is alweer een hele tijd weg, maar ik kan er ook maar niet aan wennen. Als ik 's morgens in de winkel met Elsje koffiedrink… Al die keren dat ik daar met tante Wies gezeten heb. Mijn hele leven bijna."

"Klopt ja, toen pap en mam nog leefden, zaten we er ook al vaak. Ze perste altijd sinaasappels voor ons en ik vond al die kleurige bolletjes wol toen ook al prachtig."

Amber schoot in de lach. "Weet je nog die keer dat je op die trap geklommen was en die bak viel eraf?"

"Ja, de hele winkel lag vol draden." Jade was even stil en keek nadenkend voor zich uit. "Wat was ze kwaad!"

"Vooral op zichzelf, denk ik. Als die bak boven op jou gevallen was…"

"Op mij? Welnee, zo duf was ik niet, hoor. Ik keek heus wel uit.

Maar jij kwam er net aanlopen. Dat had heel erg fout kunnen gaan."

Met een zacht schommelend schokje stopte de ambulance.

"We zijn er al," zei Jade. "Dan loop ik nog even mee naar binnen en dan moet ik me snel gaan omkleden en naar Schiphol sjezen, want ik vlieg om vijf over negen met de KL 1481 naar Glasgow." Ze stopte met praten en sloeg verschrikt haar hand voor haar mond. "Oh shit! Mijn auto staat nog in Amersfoort."

"Geeft niks, joh. Dan leen je die van mij maar even. Ik heb hem de komende dagen toch niet nodig."

"Dat is lief aangeboden, maar… Ik ben pas overmorgen terug en als je in Amersfoort langer dan een uur in een parkeergarage staat, moet je onderhand miljonair zijn om dat bedrag nog op te kunnen hoesten."

Amber schoot in de lach. "Wij mogen dan officieel geen miljonair zijn, omdat de belasting zo gigantisch veel van de erfenis heeft ingepikt, maar verder overleef je die rekening heus wel."

"Oké, maar ik vind het gewoon zonde van het geld. Pure diefstal is het."

"Daar heb je wel een punt." Amber kneep haar lippen op elkaar en ontspande ze weer. "Weet je wat, geef je autosleutels maar, dan vraag ik Elsje wel even of ze hem zo snel mogelijk ophaalt."

Terwijl Jade haar autosleutels van haar bos klikte, zwaaide de deur van de ambulance open en het vrolijk lachende hoofd van de ziekenbroeder verscheen in beeld. "We zijn er, dames." Hij stapte de kleine ruimte in en keek Jade aan. "Neemt u de baby mee? Dan brengen wij uw zus naar boven."

*

Een week later zat Amber in haar woonkamer op de bank. Lekker met haar voeten op een comfortabel krukje een beetje voor zich uit te mijmeren. Er stond een groot glas versgeperst sinaasappelsap naast haar.

Ze voelde zich lichamelijk weer een heel stuk beter. Weliswaar verloor ze nog steeds behoorlijk wat bloed, maar de borstvoeding lukte boven verwachting en de kleine Michel was kerngezond en prima op gewicht.

Haar gezicht betrok en ze voelde de spanning weer langzaam naar haar schouders trekken. Jammer genoeg had ze daarmee het goede nieuws wel weer gehad. Tom zat nog steeds vast, ondanks de verwoede pogingen van meester Antons om hem vrij te krijgen.

Die Beringkliek heeft alle troeven in handen, Amber. Maar ik doe mijn uiterste best voor Tom.

Daar kwam nog bij dat Noortje dwarser was dan ooit en de ellende was dat Reinier nu ook steeds vaker met zijn zusje mee ging doen. Af en toe leek het wel of ze een wedstrijdje hielden wie het allervervelendst kon doen.

Ze schreeuwden de baby wakker, gooiden hun drankjes om en hadden alle twee de begintune van de real life soap *Utrecht in Tranen* als ringtone op hun mobiel gezet. Iedere keer als hun mobieltje begon te spelen, begonnen ze overdreven te lachen om Amber weer aan de verschrikkelijke afgang bij Weeberg Mode te herinneren.

Bovendien was het de hele dag papa voor en papa na. En Vincents nieuwe vrouw Rosalinde, waar ze eerst toch zo'n hekel aan hadden gehad, scheen het opeens helemaal te zijn.

Zij, Amber, kon echt geen goed meer bij ze doen. Mama was het boze monster waar de kinderen blijkbaar zo snel mogelijk van verlost wilden worden.

Amber wreef verdrietig over haar ogen. Er was heel veel kans dat de vreselijke nachtmerries die haar al jaren plaagden heel snel werkelijkheid zouden worden. Straks raakte ze haar twee oudste kinderen toch nog kwijt!

Kinderen vanaf twaalf jaar mochten namelijk zelf beslissen bij wie ze wilden wonen. En Vincent dreigde met een rechtszaak om dat even te gaan regelen. Zelf had ze geen idee hoe dat allemaal werkte, maar als advocaat wist Vincent precies hoe hij dat soort dingen moest aanpakken. En nu Tom veilig opgeborgen in de cel zat, durfde hij wel.

Amber beet op haar lip. Ze maakte zich zo ongerust! Jade kon nou wel zeggen dat Noortje en Reinier alleen maar irritant aan het puberen waren en dat het allemaal zo'n vaart niet zou lopen, omdat ze heus ontzettend dol op hun moeder waren, maar zij had er zelf een hard hoofd in. Stel je voor dat ze echt bij Vincent wilden wonen? Dan zou ze haar kinderen alleen nog af en toe een weekendje zien. En reken maar dat de hele familie Bering hun stinkende best ging doen om Noortje en Reinier voorgoed van haar los te weken.

Meester Antons had al gezegd dat hij haar niet zou kunnen helpen als Noortje en Reinier voor hun vader zouden kiezen. Zo was de wet nou eenmaal.

Maar het waren háár kinderen! Die eerste zwangerschap had háár hele leven overhoop gegooid. Zij had alles in haar eentje moeten opknappen, terwijl Vincent in het verre Nieuw Zeeland de bloemetjes buiten zette. Hij had zelfs geld gestuurd om de abortus te betalen…

Pas na tien jaar was hij opeens komen opdagen om te controleren of hij toevallig de vader van Noortje en Reinier kon zijn. Ze wist nog goed hoe zijn reactie was geweest toen Noortje aan epilepsie bleek te lijden.

'Epilepsie is in de familie Bering een echte familieziekte. Noortje is mijn dochter. Daar is nu geen twijfel meer aan.'

Amber snoof. Ze werd nog kwaad als ze er alleen maar aan dacht. Vincent had gedaan alsof zij een soort flirtje was en maar met iedereen het bed indook…

Maar zij was juist heel zuinig op zichzelf en op haar lichaam! Ze had na Vincent nooit meer een andere man aangeraakt. Tot ze Tom ontmoette…

Er werd op de deur geklopt en het hoofd van zuster Speelman verscheen om het hoekje. "Mevrouw Wilkens, er is bezoek voor u. Een mevrouw Bergerink."

Amber keek op. Zuster Speelman gedroeg zich tegenwoordig als een echte schat, maar ze bleef erg formeel. Amber had al tig keer gezegd dat ze liever gewoon Amber genoemd werd, maar daar begon zuster Speelman niet aan.

U bent mijn cliënte, mevrouw Wilkens en ik behandel mijn cliënten met respect.

"Mevrouw Bergerink?" vroeg Amber. "Dat zegt me niks."

"Ze heeft me verteld dat ze familie van u is," vulde zuster Speelman aan.

"Familie? We hebben toch haast geen... Wacht eens... Heet die mevrouw misschien Frieda van haar voornaam?"

"Dat zou ik niet weten, mevrouw Wilkens. Zal ik het vragen?"

"Ja, doet u dat maar. Ik heb eigenlijk geen zin in bezoek, maar als ze Frieda heet, wil ik haar wel ontvangen. Anders niet."

"Ik ga even informeren," knikte de zuster en ze trok de deur zachtjes achter zich dicht.

Amber hoorde haar de trap aflopen en begon toen zonder het te merken op een losse haarlok te zuigen. Zou dit die geheimzinnige tante Frieda zijn, die ook al bij Jade langs was geweest? Eigenlijk was ze best nieuwsgierig naar die vrouw. Ze liet de haarstreng los en knaagde met haar tanden nadenkend aan een loszittend hoekje van haar nagel.

Er kwamen weer voetstappen de trap op en een paar tellen later werd er op de deur geklopt. Amber besefte opeens dat ze op haar nagels zat te kluiven en legde haar handen snel op haar schoot. "Binnen!" riep ze en meteen toen de zuster in beeld verscheen, liet ze erop volgen: "En? Is ze het?"

"Ik heb het voor u nagevraagd," hield zuster Speelman de spanning nog even vast. "En ze zegt dat ze mevrouw Frieda Bergerink-Wilkens heet."

"Laat haar dan maar boven komen, als u wilt. En kunt u dan ook voor een kopje koffie of thee of zoiets zorgen? Met een koekje erbij?"

"Natuurlijk, dat ga ik voor u regelen."

"Of is er misschien nog cake?"

"De oude cake is op, maar uw zus heeft intussen alweer een nieuwe gebakken. U moet nog steeds voor twee eten, zei ze tegen me."

"Wat ontzettend lief van Jade. Dan heb ik ontzettende zin in een plakje cake. En misschien wel twee ook."

"Komt helemaal voor elkaar." Zuster Speelman glimlachte. "En dan ga ik nu mevrouw Bergerink-Wilkens even binnenlaten." Ze trok de deur weer dicht en verdween.

*

Een paar minuten later stond zuster Speelman alweer op de drempel. "Mevrouw Frieda Bergerink-Wilkens," kondigde ze aan. Het klonk alsof ze een antieke hofdame was die een onverwachte gast aan Hare Majesteit de koningin voorstelde.

Na die woorden stapte ze gedienstig opzij en maakte plaats voor een perfect geklede vrouw van een jaar of zestig. Ze had sneeuwwit haar en grijze ogen, die Amber een schok van herkenning gaven. Heel even had ze het rare gevoel dat ze in de toekomst keek. Zo zou zij er over dertig jaar ook uitzien als ze haar haren niet verfde...

De vrouw bleef even afwachtend op de drempel staan, kneep haar ogen tot spleetjes en stapte daarna aarzelend de kamer in.

Amber kwam overeind, liep op haar gast af en stak haar hand naar haar uit. "Dag mevrouw Bergerink, ik ben Amber Wilkens."

De vrouw gaf haar een stevige hand en keek Amber aan. Er lag een onderzoekende blik in haar grijze ogen. "Dus u bent Amber," zei ze langzaam. "U lijkt sprekend op uw zus."

Amber haalde lichtjes haar schouders op. "Dat is niet zo vreemd. Jade en ik zijn een tweeling. Eeneiig."

De vrouw knikte. "Dat heb ik begrepen."

"Ik zorg even voor koffie," verklaarde zuster Speelman en ze keek de gast aan. "Of hebt u liever thee of iets fris?"

"Koffie is prima," zei mevrouw Bergerink. Ze kneep haar ogen alweer tot spleetjes en keek zoekend rond.

Amber wees uitnodigend op een stoel tegenover de bank. "Gaat u maar zitten, hoor."

"Ja, dank je wel. Ik ben niet zo goed ter been."

"Wat vervelend voor u," bromde Amber, want een opmerking die wat origineler overkwam, had ze even niet in voorraad.

Mevrouw Bergerink ging zitten en hing haar schoudertas zorgvuldig over de leuning van de stoel. Daarna keek ze Amber alweer taxerend aan. "Ik weet eigenlijk niet goed hoe ik u moet aanspreken. Ik, eh… Qua bloedband ben ik uw tante."

"Tante Frieda," zei Amber langzaam.

"Ja, ik ben een zus van Michel."

"Michel," prevelde Amber verschrikt. Ze wist zelf ook wel dat ze haar baby naar haar vader had vernoemd, maar nu ze die naam zo opeens hoorde gebruiken, klonk het erg raar.

Tante Frieda kon natuurlijk geen gedachten lezen. "Je vader heette Michel," verklaarde ze.

"Dat weet ik wel, maar ik, eh… ik heb net een baby gekregen enne… die heet dus ook Michel."

"U hebt de baby bewust naar uw vader genoemd?" zei tante Frieda ineens weer heel formeel.

Amber knikte. "Ja, dat klopt. En zegt u maar gewoon Amber, want ja... als u inderdaad mijn tante bent..."

"Dat klinkt alsof je me niet ge..." Tante Frieda maakte haar zin niet af. "Ik heb een legitimatie bij me, als je die wilt zien?"

Amber aarzelde. Als ze op de ogen en het gezicht van de vrouw afging, zat het er dik in dat ze inderdaad haar tante was.

Maar ergens diep in haar hart hoorde ze Tom opeens zeggen: '*Je bent veel te naïef, Amber. Mensen zijn niet altijd maar te vertrouwen.*'

"Ja, ik wil uw legitimatie inderdaad graag even zien," hoorde Amber zichzelf zeggen en eigenlijk had ze meteen al spijt van haar uitspraak. Wat moest die vrouw wel niet van haar denken? Ze zag er heel onschuldig uit.

Destijds had ze aan Tom diezelfde vraag gesteld.

'*Ze denkt dat ze met jou de kachel niet hoeft aan te maken,*' echode het toenmalige antwoord van Tom in haar hoofd. '*En let op mijn woorden, Amber. Als ze nu kwaad wordt, deugt ze niet.*'

Tante Frieda trok haar tas aan het hengsel naar zich toe, knipte hem open en viste er een bekend bordeauxrood boekje uit.

"Blijft u maar zitten, ik pak het wel even aan."

Amber stond op, liep naar tante Frieda toe en bekeek het paspoort. Het stond op naam van Frieda Hendrina Wilkens, weduwe van Martinus Bergerink, geboren in Vlissingen op 3 september 1957.

1957? Dan was ze nog lang geen zestig.

Vanuit haar ooghoeken loerde ze naar tante Frieda. Tja, zij was ófwel erg slecht in leeftijden schatten óf die vrouw zag er gewoon veel ouder uit dan ze was.

Voor de vorm draaide Amber draaide het identiteitsbewijs een paar keer om en om, en gaf het terug. "Dank u wel. Ik, eh..." Amber ging weer op de bank zitten en keek haar hervonden tante een beetje ongemakkelijk aan.

"Ik vind het alleen maar heel verstandig dat je het even nakijkt, Amber. Er zijn ontzettend veel oplichters in de wereld." Ze keek Amber wat aarzelend aan. "Ja, ik zeg nu wel Amber tegen u, maar..."

"Dat is goed, hoor. U bent echt mijn tante, dus dan is het een beetje raar om zo formeel te doen. Ook al kennen we elkaar niet." Amber hoorde zelf dat er een vage beschuldiging in haar stem lag.

Frieda keek haar even scherp aan. "Zeg maar gewoon je tegen me, hoor. Familie onder elkaar."

"Oh, oké," bromde Amber.

Een paar seconden later bleek dat Frieda Ambers vage beschuldiging ook had opgevangen, want ze keek naar de grond en zei langzaam: "Ik was nog geen dertig toen Michel onder de trein reed. Ik was single en ik probeerde destijds in Amerika een carrière als fotomodel op te bouwen."

"Fotomodel?" vroeg Amber verbaasd. "Wilde u model worden?" Automatisch was ze toch weer op 'u' overgegaan. Dat had ze tegen tante Wies immers ook altijd gezegd.

Frieda knikte. "Ja, dat, eh... Ik begreep dat jij ook, eh... Tenmin-

ste... tot een paar dagen geleden was je bij Evers... Ik bedoel..."
Ze stopte met praten en keek Amber wat gegeneerd aan.

Amber schaamde zich opeens rot en de vlammen sloegen haar uit. Zo te horen keek tante Frieda ook wel eens naar de televisie. Heel Nederland had dat ellendige programma gezien! Ze moest zo snel mogelijk over iets anders gaan praten.

"Het spijt me vreselijk," zei Frieda intussen schor. "Ik had hier niet over moeten beginnen. Ik dacht er niet bij na."

Amber haalde lichtjes haar schouders op en glimlachte wat vaag. "En?" vroeg ze. "Is het u gelukt?"

Frieda was niet meer bij de les. "Wat is me gelukt?"

"Een carrière als fotomodel?"

"Ja, eh... dat is heel goed gegaan. Daarom was er in mijn leven ook geen ruimte om twee kleine meisjes in huis te nemen." Ze was even stil en keek peinzend voor zich uit. "Dat, eh... Eigenlijk spijt me dat wel."

"En daar komt u nou voor? Om te zeggen dat het u spijt dat u destijds niet voor ons kon zorgen?"

"Ja... Ja, dat ook."

"En verder dan?" vroeg Amber.

"Nou, ik wil je graag even vertellen hoe dat destijds gegaan is. Dat je niet denkt dat wij..." Ze keek Amber wat hulpeloos aan en die kreeg opeens het gevoel dat ze weer op een werkcollege bij professor Diepenbrok zat. Zij speelde de begrijpende psychologe en tante Frieda was haar patiënt.

Luisteren, Amber. Luisteren. Dan storten ze hun hele hart bij je uit. Kijk maar hoe die psychotherapeut in Gooische Vrouwen dat aanpakt. Die zegt helemaal niks.

Amber onderdrukte een glimlach. De acteur Derek de Lint had een makkie aan zijn rol als 'Dr. Rossi' in Gooische Vrouwen. Hij hoefde alleen maar op het juiste moment het juiste gezicht te trekken en verder hield hij zijn mond stijf dicht.

Frieda kuchte zachtjes en Amber keek haar vol verwachting aan. Het werkte, want Frieda praatte door: "Je moet weten dat wij net in een ernstige familiecrisis zaten toen je vader en moeder... eh... omkwamen, zal ik maar zeggen."

"Oh ja?" prevelde Amber aanmoedigend.

"Ja, je moeder lag helemaal niet goed bij mijn ouders. Eh... dat waren natuurlijk ook de ouders van jouw vader."

"Mijn grootouders?" zei Amber vooral tegen zichzelf. "Leven die dan nog?"

Er klonk een korte klop op de deur en zuster Speelman stapte naar binnen met een enorm dienblad dat ze op de salontafel neerzette. Naast een grote koffiepot en een schaaltje cake stonden er drie koffiemokken en drie gebakschoteltjes op het blad.

Amber keek wat onzeker naar de mokken. Zou zuster Speelman nou denken dat ze er wel even gezellig bij kon komen zitten? Maar daar had ze weinig zin in. Zuster Speelman was een prima mens, maar haar privéleven hield ze toch liever een beetje voor zichzelf. Voor zover dat natuurlijk lukte. Zuster Speelman was momenteel dag en nacht in huis.

Zuster Speelman schonk koffie in twee van de kopjes en informeerde beleefd of de gast ook suiker en melk bliefde. Terwijl ze de cake uitdeelde, ging Ambers mobieltje af.

Zuster Speelman ging rechtop staan, strekte haar rug en knikte naar Amber. "Die pak ik even voor u."

Zonder op antwoord te wachten, voegde ze de daad bij het woord, haalde de mobiel van tafel en hield die aan Amber voor.

Amber had weinig zin in telefoon, maar ja… De zuster duwde het ding zo blijmoedig onder haar neus, dat ze het vervelend vond om haar er weer mee weg te sturen. Dus pakte ze het rinkelende toestelletje aan en drukte op het knopje. "Met Amber."

"Met Carolien Zwanenburg van Psyquin Interactieve Zelfhulp. Spreek ik met mevrouw Wilkens?"

"Ja hoor, ik ben Amber Wilkens. Wat kan ik voor u doen?"

"Wij willen graag een gesprek met u naar aanleiding van uw sollicitatie."

Amber slikte. "Solli…" begon ze met een stem vol vraagtekens.

De vrouw aan de andere kant van de lijn pikte dat moeiteloos op. "Ja, u hebt per mail gesolliciteerd naar de functie van psychologe bij onze firma."

Amber kon zich niet herinneren dat ze een mail naar Psyquin gestuurd had. Sterker nog, ze zat zich heftig af te vragen waar het allemaal over ging.

"U bent toch een universitair geschoolde psychologe of heb ik het verkeerde nummer gedraaid?"

"Klopt, ik ben inderdaad psychologe, maar…"

"Maar u wordt liever aangesproken als mevrouw Veenstra," hoorde ze Carolien Zwanenburg in haar oor zeggen.

"Mevrouw Veenstra?" prevelde Amber vaag. En toen viel het kwartje.

Natuurlijk!

Jade weer!

Jade had vast uit haar naam een sollicitatiemail naar Psyquin gestuurd en was vervolgens finaal vergeten om dat even aan Amber door te geven. Typisch iets voor Jade.

Maar het was wel ontzettend lief van haar zus. Haar loopbaan als model kon ze voorlopig wel schudden, dan was het heerlijk om als psychologe aan de slag te gaan. Vooral als ze dat thuis kon doen.

"Mevrouw Veenstra?" riep Carolien Zwanenburg. "Bent u daar nog?"

"Ik heet Wilkens, mevrouw. Jade Veenstra is mijn zus. Die heeft…" Amber aarzelde. Het maakte vast geen goede indruk als ze nu vertelde dat haar zus dat mailtje had gestuurd. "Ik heb haar computer even gebruikt om u te mailen. Die van mij had tijdelijk verbindingsproblemen." Het leugentje rolde er soepel uit.

"Ah, op die manier," zei Carolien opgewekt. "In elk geval wil ik graag een afspraak maken. Wanneer schikt het?"

"Ik heb net een baby gekregen," legde Amber uit. "Dus een beetje buiten de voedingstijden om."

"Dat schreef u al in de mail," was Caroliens reactie. "Nog van harte gefeliciteerd."

"Dank u wel."

"Ik zit aan dinsdagochtend te denken," praatte Carolien door. "Zou half twaalf schikken?"

"Dinsdag, half twaalf? Ja, dat is een prima tijd."

"Er staat een routebeschrijving op onze website. Ik zie u dinsdag. Tot dan."

"Eh ja, tot…" begon Amber, maar een luid getoeter in haar oor gaf aan dat Carolien Zwanenburg al had opgehangen.

*

Amber zat even zwijgend voor zich uit te kijken tot er als uit het niets een hand verscheen die het mobieltje voorzichtig aanpakte. "En hier is uw koffie," hoorde ze zuster Speelman boven haar hoofd zeggen.

Haar stem haalde Amber weer naar de werkelijkheid terug. "Wel bedankt, zuster."

Zuster Speelman wees nog even nadrukkelijk naar het schaaltje met dikke plakken cake en liep de deur weer uit.

Amber dronk met kleine slokjes haar koffie op en draaide haar hoofd daarna naar haar gast die net haar laatste hap cake door- slikte. "Heerlijke cake," zei Frieda en ze wierp een verlangende blik op het halfvolle schaaltje. "Zelfgebakken?"

"Ja, dat wel, maar alle eer gaat naar Jade." Amber nam een flinke hap van haar cake. Daarna wees ze op het schaaltje en slikte. "Neem gerust nog een plak, daar staat het voor."

"Dat laat ik me geen twee keer zeggen," antwoordde Frieda en ze dook als een roofvogel op haar prooi. "Het is werkelijk heerlijk. Ik bak zelf wel eens met chocola. Zo'n marmercake, weet je wel?"

"Dat maakt Jade ook wel, maar niet voor mij. Ik ben geen choco- fan."

"Lust je geen chocola?" vroeg Frieda stomverbaasd. "Hoe is het mogelijk? Nou, ik wél, hoor. Het is alleen jammer dat een mens daar zo dik van wordt, van al die heerlijkheden." En daarna zei ze een tijdje niks meer en genoot volop van haar cake.

Uiteindelijk zette Amber haar lege schoteltje op tafel. "Maar vertel nu eens verder, tante. Leven mijn grootouders nog?"

"Je opa wel. Hij is in de tachtig. Je oma is vorige maand gestorven." Er ging een steekje van pijn door Amber heen. Al die jaren had ze niet geweten dat ze grootouders had en nu... "Gecondoleerd," prevelde ze. Best jammer dat ik... en Jade natuurlijk... nooit van hun bestaan hebben gehoord. Hoe kan dat eigenlijk? Waarom hebben ze nooit contact gezocht?"

Frieda slaakte een diepe zucht. "Ik zei net al dat je moeder niet goed lag in de familie."

"En waarom dan niet?"

Voor Frieda antwoord kon geven, ging de kamerdeur met een klap open en Jade kwam binnenstormen. Een ander woord was er niet voor. "Zo daar ben ik al," riep ze opgewekt. "Hoe gaat het met..." Ze stopte met praten en bleef stokstijf staan. "Verhip, je hebt bezoek."

"Het is tante Frieda. Die heb je al eens ontmoet. Toch?"

Jades gezicht betrok. "Ja, die is bij mij aan de deur geweest." Er lag een wantrouwende klank in haar stem.

Tante Frieda keek Jade glimlachend aan. "Je zus heeft mijn paspoort bekeken. Ik ben het echt."

"Oh, is dat zo?" zei Jade. "Volgens mij bent u dan dertig jaar te laat."

Frieda kneep haar lippen op elkaar. "Ik probeer Amber net uit te leggen hoe dat allemaal in zijn werk is gegaan."

Amber knikte en wees naar het schone derde mokje op het dienblad. "Pak een kop koffie en kom erbij zitten. Tante Frieda vertelde net dat we een opa hebben."

"Toe maar," zei Jade. "Een tante én een opa. Het kan niet op." Ze keek Frieda met fonkelende ogen aan. "Of zitten er nog meer verrassingen in het familievat?"

"Het is va en ik. En dan is er nog Anton. Maar die woont in Australië."

"Anton?" vroegen Jade en Amber tegelijk.

"Mijn oudste broer. Hij is getrouwd met Janna en heeft twee kinderen."

"Toe maar," zei Jade opnieuw. "Onze geliefde familie wordt met de minuut groter."

Amber voelde hoe ze kleurde. Waarom deed Jade nou zo bot? Een beetje vriendelijker kon toch ook wel? "Jade, misschien kan het wat minder?" fluisterde ze.

Maar Jade was nooit zo discreet. "Waarom zou het minder moeten?" antwoordde ze keihard. "Onze familie heeft ons toch glashard laten barsten toen het erop aankwam? Wat moeten we dan verder nog met die lui?"

"Tante Frieda wilde net gaan uitleggen hoe dat allemaal zo gelopen is."

Jade plofte naast Amber op de bank, pakte een plak cake van het schaaltje en nam een flinke hap, waarbij de kruimels in het rond vlogen. "Hoe vind je hem?" vroeg ze met volle mond. "Is hij niet wat aan de droge kant?"

"Hij is precies goed."

"Heel erg lekker," vulde tante Frieda aan. "Dat zei ik net nog tegen Amber."

Jade trok haar wenkbrauwen op en wierp tante Frieda een veelzeggende blik toe. *Wat kom je hier doen, slijmjurk?* stond in haar ogen te lezen.

Amber keek haar zus wat besluiteloos aan. De stemming werd er door Jades houding niet beter op. Maar als ze er nu weer een opmerking over maakte, ging Jade vast nog heftiger in de aanval. "Eh…" zei Amber aarzelend. "Ik weet eigenlijk niet wat… Ik…"

Maar Jade begreep precies wat haar zus bedoelde. "Oké, jij je zin. Laten we onze nieuwe tante dan maar even aanhoren." Ze porde Amber vriendschappelijk in haar zij en richtte haar blik op Frieda. "Nou, zegt u het maar. Waarom hebben jullie ons allemaal laten barsten?"

Tante Frieda zat duidelijk niet meer prettig en schoof nerveus over haar stoel heen en weer. "Ik, eh… Ik…"

Dat vond Amber toch zielig worden en ze kwam Frieda te hulp. "Nog een kopje koffie, tante?"

Daar had Frieda wel trek in en een extra plakje cake ging ook grif naar binnen.

Intussen praatte Amber haar zus even bij. "Tante Frieda vertelde me dat ze destijds zelf in de Verenigde Staten woonde enne… het schijnt dat de familie onze mam maar niks vond."

"Oh, is dat zo?" vroeg Jade op een agressief toontje. "En wat mankeerde er aan onze moeder?"

Frieda werd knalrood en verslikte zich lelijk in haar koffie. "Wat mij betreft niks. Dat wil ik toch wel even benadrukken. Het was va... Va, die wilde niks met jullie moeder te maken hebben."

"En waarom dan niet?"

Frieda kuchte heftig. "Ja, daarvoor moeten we een aantal jaren in de geschiedenis terug. Va zat in de oorlog in het verzet."

"De oorlog?"

"Ja, de tijd van de Duitse bezetting van 1940 tot 1945."

"Oké. En wat heeft dat ermee te maken?"

"Tja... Va's beste vriend was van Joodse afkomst en die zat ondergedoken. Tot hij verraden werd door iemand van de NSB."

Jade knikte langzaam. "Dat hebben we op school bij geschiedenis gehad. Hoe dat in die tijd allemaal toeging. Maar wat heeft..."

Tante Frieda liet Jade niet uitspreken. "Die vriend van va is door de Duitsers doodgemarteld, samen met de mensen die hem onderdak hadden geboden."

Jade snoof. "Dat klinkt niet erg gezellig, maar ik snap nog steeds niet..."

"Jullie moeder was de dochter van die NSB'er die de boel verraden heeft."

"Wat?" zei Jade verschrikt.

"Jullie moeder was de dochter van die bewuste NSB'er," herhaalde Frieda. "En daarom heeft va tot het allerlaatste moment geprobeerd om het huwelijk tussen jullie ouders te voorkomen."

Jade snoof alweer. "Maar dat is hem dus duidelijk niet gelukt."

"Nee, dat klopt. Sindsdien wilden ze geen contact meer met hun zoon en het is nooit meer goed gekomen. Ze zijn ook niet op de begrafenis van je ouders geweest."

"Maar wat kon onze moeder daar nou aan doen? Als een vader een misdaad pleegt... daar heeft zijn dochter dan toch geen schuld aan?" vroeg Jade.

Amber knikte heftig. "Dat vind ik ook. Neem nou onze prinses Maxima. Die heeft ook een vader die blijkbaar niet deugt. Maar er is niemand die dat háár verwijt."

Frieda haalde wat onwennig haar schouders op. "Mij hoeven jullie niet te overtuigen. Ik ben het helemaal met jullie eens. Maar ja... Leg dat va maar eens uit. Dat zit allemaal heel diep bij hem."

"Mooie boel," bromde Jade. "Wij hebben dus nooit familie gehad door die stomme oorlog."

Frieda knikte. "Bij veel mensen zit die oorlog nog heel erg hoog. Er blijven er wel steeds minder over die het allemaal zelf hebben meegemaakt, maar toch... Familieleden van voormalige NSB'ers schijnen het ook tegenwoordig nog steeds niet makkelijk te hebben."

"Wat de grootste onzin is!" zei Jade fel. "Ik begrijp eigenlijk niet waarom jullie als brave hondjes achter je vader aanliepen. Een beetje eigen initiatief hoort bij volwassen worden."

"Dan ken je mijn vader nog niet, Jade."

"Nou, maakt u zich niet ongerust, tante. Ik heb geen enkele behoefte om die kortzichtige ouwe knar ooit te leren kennen. We doen het al dertig jaar zonder die man, dus dat houden we de volgende dertig jaar ook wel uit."

Frieda's gezicht betrok. "Dat zou heel jammer zijn. Va is intussen wat milder geworden."

"Milder?"

"Ja, weet je… Zoals ik al zei, zijn vrouw is vorige maand gestorven en nu vroeg hij zich opeens af hoe het met jullie zou gaan."

"Dat is vlot," bromde Jade cynisch. "Dat zo'n man al na een jaar of dertig ineens…"

"Het is een oude man, hij heeft niet veel familie meer over, behalve mij en Anton. En die zit in Australië en komt maar eens in de vijf of zes jaar een keer over."

"Nou, dan boekt u toch een ticket voor de oude baas? Dat lijkt me een leuke verrassing voor hem."

Frieda schudde haar hoofd. "Dat denk ik niet. Hij is al tweeëntachtig en heeft ook nog eens erge vliegangst."

"Vliegangst?" bromde Jade minachtend. "Wat een ontzettende onzin, zeg. Vliegangst. Echt belachelijk!"

"Er zijn veel mensen die daar last van hebben, hoor."

"Ik weet er alles van, tante. Ik maak het dagelijks mee. Maar ik snap niet dat al die angsthazen wel vrolijk in een auto stappen. Dat is pas écht gevaarlijk." Jade keek nadenkend voor zich uit. "Hoe komt uw vader aan die fobie? Een nare vlucht gehad of zo?"

"Va heeft nog nooit gevlogen, dus…"

"Dan is die opa van ons dus nog kortzichtiger dan ik dacht," viel Jade uit. "Hoe kun je nou vliegangst hebben als je nog nooit gevlogen hebt?"

"Hij is echt de enige niet. Ik vind het zelf ook eng." Ze keek Jade uitdagend aan. "En ik ben al twee keer naar Australië gereisd."

Terwijl Jade haar wenkbrauwen minachtend optrok, zette tante

Frieda haar mok met een klap op het dienblad. Ze greep haar tas en viste daar twee visitekaartjes uit, die ze naast elkaar op de salontafel legde. "Ik moet weer eens gaan. Ik zal tegen va zeggen dat, eh…" Ze keek vragend naar Amber. "Dat jullie geen interesse hebben?"

"Daar wil ik nog even over nadenken," reageerde Amber. "Dit komt allemaal wel erg plotseling. Ik weet het nog even niet."

"Ik geloof er niks van dat onze opa ons zo graag wil zien," verklaarde Jade op een cynisch toontje. "Wij zijn immers de kleindochters van die NSB'er."

"Maar tegelijkertijd zijn jullie ook de kleindochters van een verzetsheld," verklaarde Frieda.

Dat vond Jade blijkbaar erg grappig, want ze begon smakelijk te lachen. "Ja, dat heft mekaar leuk op," proestte ze.

Tante Frieda stak in een hulpeloos gebaar haar handen omhoog. "Ik heb toch niet voor niks al die moeite gedaan om jullie te vinden? Hij wil jullie écht graag een keertje ontmoeten." Ze stond op, greep haar tas en liep met onzekere passen naar de deur. "Hij heeft het heel erg aan zijn nieren en…"

Van Jades vrolijke houding was op slag weinig over. "Aan zijn nieren?" prevelde ze verschrikt.

Tante Frieda knikte. "Ja, hij is er slecht aan toe en hij wil het met jullie nog graag goedmaken voor hij dat niet meer kan. Ik wens jullie nog een fijne middag samen." Ze wachtte niet meer op antwoord en stapte de kamer uit.

Zachtjes viel de deur achter haar dicht.

HOOFDSTUK 5

Met een ontzette blik in haar ogen staarde Jade naar de dichte deur. "Die opa van ons heeft het ook aan zijn nieren," prevelde ze. "En hij is er slecht aan toe."

Amber legde haar hand op Jades arm. "Die man is al tweeëntachtig, Jade. Met jou gaat het toch hartstikke goed op dit moment?"

"Ja, dat is wel zo, maar toch… Je weet maar nooit."

"Als jij je aan je dieet houdt en je neemt voldoende vocht en je pakt op tijd je rust, dan kan je weinig gebeuren. Dat heeft dokter Heiligers bij de vorige controle letterlijk zo gezegd."

"Ja, maar stel je voor dat…"

Amber pakte Jades hand beet en hield die tegen haar zij. "Als er echt wat misgaat, zusje van me, dan zit er hier binnenin een kerngezonde nier op jou te wachten. Dat weet je best."

Jade maakte haar hand los, sloeg haar arm om Ambers schouder en drukte haar liefdevol tegen zich aan. "Je bent echt een superzus."

Amber veegde snel een traantje weg. Jade hoefde niet te zien dat zij ontroerd raakte door die lieve reactie. "Wat, eh…" zei ze schor. "Wat zullen we nou met die opa doen? Wat denk jij?"

Jade zuchtte diep. "Ja, eigenlijk voel ik er geen bal voor. Maar ja… misschien moeten we er dan toch een keertje langsgaan."

"Anders krijgen we er spijt van, bedoel je dat?"

"Ja, als die man op sterven ligt…"

"Dat heb ik tante Frieda niet horen beweren."

"Nee, maar zo'n gezicht trok ze wél." Jade schonk nog een keer koffie in, gaf Amber een mok en leunde achterover. "Ik weet het niet hoor. Ergens denk ik dat ze ons willen oplichten."

"Ik zie dat gevaar niet zo," verklaarde Amber. "Hoe stel je je dat dan voor?"

Jade nam een flinke slok koffie. "Weet je, we hebben nog nooit ook maar iets over ze gehoord, ook niet van onze ouders. En dan erven we een leuk bedragje en opeens staat de verloren familie op de stoep. Ik vind dat op zijn minst verdacht."

"Het kan ook toeval zijn. Dat die opa door het verlies van zijn vrouw ineens aan ons moest denken. Of dat hij opeens flink zieker geworden is? Hij is al oud."

Op tafel begon Ambers mobiel te rinkelen en Jade sprong op. "Ik pak 'm wel even. Eens kijken… Oh, hij ligt hier." Ze drukte geroutineerd op het knopje en hield het toestelletje tegen haar oor. "Met Jade spreek je." Ze luisterde ingespannen en zei: "Dag meester Antons. Ja, Amber zit hier bij me. Ik geef haar wel even. Ja, bedankt hoor."

Al pratend was ze naar Amber gelopen en duwde haar zus de mobiel in haar handen. "Meester Antons voor je," zei ze tamelijk overbodig.

"Dag meester Antons, met Amber. Wat kan ik voor u doen?"

"Ik heb niet zulk best nieuws voor je, Amber."

Amber voelde haar hart een tel overslaan. "Is alles goed met Tom?" vroeg ze schor.

"Ja, op zich gaat het prima met hem. Maar, eh…" Meester Antons kuchte. "Ik had je er niets over gezegd om geen valse verwachtingen te wekken, maar ik had eigenlijk gehoopt dat ik hem vandaag uit de cel zou krijgen."

"En dat is niet gelukt?"

"Nee, helaas. Ze hebben het voorarrest toch weer verlengd. Ondanks mijn protesten."

"Hè, wat ontzettend rot. Ik verlang zo naar Tom." Amber slikte moeilijk en ze voelde de tranen achter haar ogen branden.

"Dat begrijp ik, Amber. Maar je geliefde ex-schoonfamilie kwam met drie getuigen aan die allemaal beweren dat ze met eigen ogen gezien hebben dat Tom de burgemeester in het water duwde, dus ja…"

"Maar hij was bij mij! Hij lag naast me in bed. De hele nacht."

"Je bent zijn vriendin, Amber. Het is jouw woord tegen dat van maar liefst drie keurige burgers die volgens hun zeggen net van een feestje kwamen. En die meervoudige getuigenverklaring vond de rechter het zwaarste wegen."

"Maar ze liegen," zei Amber fel. "Of ze zijn in de war met iemand anders, die op hem lijkt. Of Vincent heeft ze omgekocht, dat heeft hij al eerder gedaan."

"Ik ben bang dat je helemaal gelijk hebt, Amber. Maar ik kan daar helaas niks tegen doen. Die Beringkliek heeft op dit moment alle troeven in handen. Het is heel vervelend, maar zo staan de zaken ervoor."

"Mag ik al bij hem op bezoek? Of is dat nog steeds niet toegestaan?"

"Dat ga ik voor je navragen, Amber. Maar verheug je er nog maar niet te veel op, ik heb een donkerbruin vermoeden dat hij nog steeds formeel onder beperkingen is gesteld."

"Ik breng heus geen vijl mee, dus wat kan het nou voor kwaad als ik even op bezoek ga?"

"Ik kan het niet bewijzen, maar ik vermoed dat de Berinkjes hier ook achter zitten, Amber. Simpelweg om jou en Tom flink dwars te zitten."

"Die ellendige Vincent," prevelde Amber vooral tegen zichzelf.

"Helemaal mee eens, Amber. Ik ga in elk geval mijn uiterste best voor jullie doen en ik meld me na het weekend weer. Tot horens."

Amber drukte zuchtend de verbinding weg en keek Jade verdrie-tig aan. "Ze hebben het voorarrest verlengd en ik mag niet eens bij hem op bezoek."

Jade schoof weer naast Amber op de bank. "Wat een ellende, meis. En het wordt nog een tandje erger ook, vrees ik."

"Wat dan?"

"Ja, daar kwam ik oorspronkelijk voor. Het was me helemaal door mijn hoofd gegaan, omdat die Frieda daar opeens op die stoel zat."

"Maar wat bedoel je dan?"

"Nou, ik weet niet of je het al hebt gehoord, maar vanmiddag is bekend geworden dat Vincent de nieuwe burgemeester van Soest wordt."

"Wat zeg je me nou?"

Jade haalde verontschuldigend haar schouders op. "Ja, die ellen-dige slijmbal heeft het eindelijk voor elkaar. Echt balen."

"Maar dat duurt toch altijd heel lang voordat er een burgemeester wordt benoemd?"

"Ze waren al vijf maanden met die procedure bezig, Amber. Alleen de oude burgemeester was tegen Vincent vanwege zijn bouwplannen met dat project Jachtlust hierachter." Jade haalde diep adem. "Maar dat obstakel is nu uit de weg, dus hij wordt volgende week al beëdigd."

Amber slaakte een diepe zucht. "Denk je… denk je dat ik last van hem ga krijgen?"

"Niet meer dan anders, hoop ik. Een burgemeester moet zich aan de wet houden. Hoewel je met Vincent alles kunt verwachten. Had je al gehoord dat hij weer in het huis aan de Molenstraat is getrokken?"

"Wat? Dat had hij toch te koop staan omdat hij liever in Amersfoort wilde wonen?"

Jade grinnikte. "Zoiets raars heeft Vincent uiteraard nooit gezegd. Soest is natuurlijk zijn favoriete woonplaats. Zijn hele leven al."

"Ja, ja," bromde Amber. "Daar zijn we mooi klaar mee."

"En Vincent gaat dat ellendige plan Jachtlust er binnen de kortste keren doorheen juinen, let op mijn woorden."

Amber keek Jade wat verbaasd aan. Dat zinnetje had ze al vaker gehoord, maar wie…

De gemeenteraad gaat binnenkort overstag. Let op mijn woorden, mevrouw Wilkens.

"Notaris Anfering," prevelde Amber vooral tegen zichzelf. "Die zei dat ook."

"Waar gaat het over?" vroeg Jade.

"Notaris Wilhelmus Anfering is vorige week bij me geweest. Eén of andere dure vastgoedtoestand biedt anderhalf miljoen voor deze bouwval."

"Bouwval?"

"Ja, dat zei de goede notaris letterlijk zo. En dan krijg ik een miljonairsvilla in dat duffe plan. Tenminste, die mag ik dan kopen."

"Ik hoorde van ons roddelkanon Ida Piersma dat er op internet een handtekeningenactie tegen het bouwplan is gestart."

"Dat was toch een paar maanden geleden al? Ik heb destijds al getekend." Amber zuchtte. "Geloof maar niet dat het wat helpt. Vincent krijgt altijd zijn zin."

Er klonk een hoop gestommel en gebonk op de trap en even later kwam er keiharde muziek van boven.

"Mama in tranen!" galmde Noortje. "Ze is werkeloos!"

Een tel later vermengde de muziek zich met het hoge gekrijs van een baby.

"Ze zijn weer thuis, mijn pubers. En ik heb alleen nog maar last van ze." Amber beet op haar lip. "Ik hou hartstikke veel van mijn kinderen, maar de laatste tijd is het geen doen meer."

Jade glimlachte. "Dat heb je met pubers. Ik ga eens even met Noortje praten, dan kun jij ondertussen Michel voeden. Ik vraag zuster Speelman wel even of ze de lieve kleine schreeuwer bij jou wil inleveren."

*

Jade gaf haar zus een bemoedigende knipoog en spurtte naar de gang, waar ze zuster Speelman bijna letterlijk tegen het lijf liep.

"Ik geef de baby een schone luier en daarna breng ik het kind naar zijn moeder," verklaarde de zuster zonder dat Jade iets had kunnen zeggen.

"Helemaal geweldig, zuster. Ga ik even met die drukteschoppers boven praten."

"Ze zijn erg vervelend," bekende de zuster. "Ze leggen de telefoon van de haak, gooien ongegeneerd hele pakken zout in het eten leeg en gisteren vond ik een half vergane muis in mijn bed."

"Het zijn pubers," zei Jade vergoelijkend.

Zuster Speelman schudde haar hoofd. "Dit gaat veel verder. Ze zijn hun moeder – en mij – systematisch aan het pesten. Ik denk dat hun vader ze opstookt."

"Dat zou maar zo kunnen," knikte Jade.

Zuster Speelman keek donker. "Straks doen ze de baby nog wat aan."

"Dat zal toch niet?" schrok Jade.

Zuster Speelman stak haar handen in een machteloos gebaar omhoog. "Noortje is ontzettend jaloers op de baby. Gisteren had ze hem op haar arm en ze kreeg zo'n vreemde blik in haar ogen. Alsof ze zich stond af te vragen of ze hem zou laten vallen."

"Dat lijkt me…" begon Jade.

"En eergisteren zag ik dat ze met een wattenstaafje of iets dergelijks in Michels mondje stond te peuren. Als zo'n baby dat in zijn keeltje krijgt, dan is het niet best."

Jade keek zuster Speelman verbaasd aan. "Een wattenstaafje? Wat moest ze daar nou mee?"

"Ik weet het niet. Ze is er heel hard mee weggerend toen ik haar betrapte en ik heb het ding verder niet meer gezien."

Jade haalde diep adem. "Vreemd. Ik snap het eigenlijk niet. Noortje was altijd zo'n zacht en lief meisje. En Reinier deed ook nooit moeilijk."

"Over het verleden kan ik niet oordelen," verklaarde zuster Speelman. "Maar ik laat Noortje in elk geval niet meer met de baby alleen."

"En Reinier?"

"Reinier is vooral een meeloper, maar die Noortje deugt echt niet."

"Mama in tranen, haar lover is dood!" galmde Noortje van boven en een paar tellen volgde er nog een heel ander wijsje:

Tom is een moordenaar,
hij doet ontzettend raar.
Die vent is knettergek,
wie schiet die sukkel lek?

Het was net of ze het gesprek had afgeluisterd en nu even wilde laten merken dat de zuster helemaal gelijk had.

"Nou zeg!" zei Jade verontwaardigd. "Ik ga er nu meteen heen. Dit soort liedjes kunnen echt niet door de beugel." Ze stormde met drie treden tegelijk de trap op en klopte hijgend op Noortjes kamerdeur. Er kwam geen antwoord op haar geklop en daarom stapte Jade uiteindelijk maar gewoon naar binnen.

Noortje stond boven op haar bed overdreven raar te swingen. Met een haarborstel in haar hand die ze als microfoon gebruikte. "Mama in tranen!" brulde ze keihard.

Jade liep met kordate passen naar de geluidsinstallatie, maar ze zag in de gauwigheid nergens een knop om het apparaat uit te zetten. Daarom trok ze zonder aarzelen de stekker uit het stopcontact en er daalde een heerlijke stilte over de kamer neer, die ongeveer drie seconden duurde.

"Wat krijgen we nou?" brulde Noortje. "Zet onmiddellijk weer aan!"

Jade maakte zich zo lang mogelijk en wees met een gebiedend gebaar naar de stoel bij het raam. "Jij gaat daar zitten en je luistert!"

Noortje keek haar tante even ontzet aan en begon toen keihard te lachen. "Jij hebt niks over mij te zeggen," bitste ze.

"Dat klopt helemaal," snibde Jade ijzig. "Maar ik heb wel wat tégen je te zeggen."

"Hoepel op!" brulde Noortje. Ze bracht haar haarborstel weer in microfoonpositie en haalde diep adem.

Jade besefte dat het volgende lied hooguit een kwestie van seconden was en ze sloeg haar armen strijdlustig over elkaar. "Tegen mij kun je best even normaal doen, Noortje. Ik heb jou nog nooit wat misdaan."

Noortje keek Jade zwijgend aan en verroerde geen vin.

Jade trok een stoel bij en ging zitten. "Vertel eens, Noortje. Wat is er nou met je aan de hand?"

Noortje haalde opnieuw diep adem. "MAMA IN TRANEN!" galmde ze.

Jade stak demonstratief haar vingers in haar oren. "Ik zou niet met Idols mee gaan doen, nichtje van me. Dat wordt de afgang van de eeuw."

"Puh," zei Noortje. "Ik kan best heel mooi zingen."

"En wie zegt dat?"

"Rosalinde," antwoordde Noortje uitdagend.

Jade grinnikte. "Die heeft dan vast een gehoorapparaat nodig."

Noortje sprong van het bed en smeet de haarborstel demonstratief in een hoek. "Je hoeft niet zo raar te doen over Rosalinde."

"En jij hoeft niet zo raar te doen tegen je moeder. Ga nou even zitten en vertel me wat er is."

Noortje zakte op de rand van het bed en sloeg haar armen over elkaar. "Er is niks."

"Tuurlijk is er wat. Normaliter doe je toch nooit zo raar?"

"Ik doe niet raar."

"Dat moet je jezelf dan maar wijsmaken, Noortje. Maar ik weet wel beter."

"Mama is stom. Mama houdt alleen maar van het nieuwe broertje."

"En dat zegt Rosalinde ook?" vroeg Jade.

"Nee, dat zeg ik," bromde Noortje uitdagend.

"Je weet best dat het onzin is, Noortje. Je moeder houdt ontzettend veel van jullie."

"Nietes, dat zegt papa ook."

"Ik heb je mama beloofd dat ik je dit nooit mocht zeggen," verklaarde Jade langzaam. "Maar dat ga ik nu toch maar even doen."

"Wat?" vroeg Noortje stuurs.

"Jij hebt je papa pas leren kennen toen je al tien jaar was," legde Jade uit. "Toen kwam hij eindelijk eens opdagen."

Noortje snoof luidruchtig. "Mama heeft hem al die tijd bij ons vandaan gehouden. Mama is een rotmens."

"Welnee, dat liegt Vincent."

"Nietes, mijn papa…"

"Laat me uitpraten! Jouw mama werd ontzettend verliefd op Vincent toen ze zeventien was. Zo verliefd dat ze in verwachting raakte."

"Weet ik allang."

"Je papa was in Australië, toen je mama dat merkte en ze heeft hem meteen een brief geschreven." Jade was even stil. "En toen kwam er na een hele lange tijd eindelijk eens een brief terug."

"Van papa?"

"Ja, van papa. Hij vond…"

Hij vond dat mama jullie maar dood moest maken. Dan was hij er weer af.

Jade beet op haar lip. Amber had gelijk. Dat mocht ze nooit tegen Noortje zeggen. Van zo'n opmerking hield een gevoelig kind, zoals Noortje diep vanbinnen was, misschien wel een afschuwelijk trauma over.

"Waarom zeg je niks meer?" vroeg Noortje op een achterdochtig toontje. "Wat vond papa dan?"

"Hij vond dat Amber het maar alleen moest uitzoeken," verklaarde Jade. "Hij had geen zin om voor vader te spelen."

Noortje keek Jade ontzet aan. "Dat is niet waar. Dat lieg je!" gilde ze overstuur.

Jade schrok van Noortjes heftige reactie. Poeh, daar was ze toch door het oog van de naald gekropen. Gelukkig had ze niet echt gezegd hoe de zaken destijds lagen.

"Je liegt het!" gilde Noortje opnieuw.

Jade schudde haar hoofd. "Ik was erbij toen je moeder die rare brief kreeg. Ze was helemaal in paniek."

"Nietes," zei Noortje.

"Welles. Je moet weten dat je mama en ik naar Amerika zouden gaan. Je moeder mocht daar fotomodel worden. Het contract lag al op de kast."

"En toen…" Noortjes stem was opeens schor.

"Toen heeft je moeder wél voor jullie gekozen. Ze heeft dat contract verscheurd en ze is voor jullie gaan zorgen. Omdat ze zo ontzettend veel van jullie houdt."

"Maar toen mocht papa niet bij ons komen?"

"Ik zei toch net dat Vincent daar geen zin in had?"

"Maar papa zegt…"

"Papa liegt dat hij barst. Ik heb je moeder genoeg voor hem gewaarschuwd, maar zij moest zo nodig toch nog met hem trouwen. Voor jullie. Om jullie een vader te geven!"

Noortje staarde Jade onzeker aan. "Dat zeg je er nou maar om. Mama heeft je natuurlijk opgestookt. Daarom vind jij mijn papa niet lief."

Jade haalde diep adem. "Ik heb jouw papa nog nooit lief gevonden, Noortje. Het is mijn type niet."

"Hij vindt jou een echte *bitch*," bromde Noortje.

Jade schoot in de lach. "Hij doet maar. Ik heb van Vincent gelukkig niks nodig." Ze stond langzaam op en rekte zich overdreven uit. "Ik ga tegen je moeder zeggen dat jullie een poosje bij je vader gaan logeren. Dan heeft zij ook even rust. Ga je koffer maar pakken. Ik breng jullie weg."

Noortje sloeg opeens haar handen voor haar gezicht en maakte een raar piepgeluid. "Tante Jade, ik…"

En toen gebeurde er eindelijk waar Jade al die tijd op had gehoopt. Noortje barstte in tranen uit.

"Ik ben zo ontzettend bang," snikte ze.

Jade zakte meteen naast Noortje op de rand van het bed en sloeg haar armen om het snikkende meisje heen.

"Waar ben je bang voor?"

"Ons kleine zusje is zo ziek. Het gaat misschien wel…"

"Zusje? Bedoel je het baby'tje van Rosalinde?"

Noortje knikte.

"Hoe heet die ook alweer? Iets met Popje of zo?" mompelde Jade vooral tegen zichzelf.

"Priscilla," fluisterde Noortje.

"Ja, dat is ook zo. Priscilla heet ze. Ik ben zo lekker goed in namen." Jade trok Noortje nog wat dichter tegen zich aan. "Wat is er met Priscilla?"

"Ze heeft ook epilepsie. Maar heel erg. Ze is in het ziekenhuis. Ik wil niet naar het ziekenhuis."

"Dat hoeft toch ook helemaal niet? De baby merkt er niks van als ze geen bezoek krijgt."

Noortje schudde heftig haar hoofd. "Niet op bezoek. Maar om daar ook te liggen."

"Om daar ook… Maar Noortje, het gaat immers hartstikke goed met je."

"Nietes," zei Noortje stuurs. "Ik heb het zelf gehoord. Die epilepsie is een vloek voor alle Beringvrouwen. We gaan er allemaal aan."

"Dat heb je zeker stiekem afgeluisterd?"

"Ja, maar dat maakt niet uit. Het is ook zo. Reinier heeft geen epilepsie en papa niet en opa ook niet. Maar oma wel, en Priscilla en ik."

"Je oma heeft medicijnen en jij ook. En met jullie gaat het prima, dus Priscilla knapt ook gewoon weer op. De dokters moeten gewoon even uitzoeken wat zij nodig heeft en dan mag ze weer naar huis."

"Is dat echt zo, tante Jade?"

Jade was daar diep vanbinnen helemaal niet zo zeker van, maar ze knikte heftig. "Nou en of." Daarna stond ze op. "Moet ik je naar papa brengen? Of blijven jullie hier?"

Noortje keek naar de grond. "Ik... Ik blijf liever hier. Want... papa is... Rosalinde is..."

"Ik snap het al." Jade knikte. "Je papa en Rosalinde zitten steeds in het ziekenhuis bij Priscilla. Die hebben helemaal geen tijd voor jullie, klopt dat?"

Noortje knikte.   .

"Nou, dan blijven jullie gewoon hier. Maar dat rare gegalm wil ik niet meer horen en je mama ook niet. Dus daar houden jullie maar gewoon mee op. Oké?"

Noortje snufte heftig. "Oké."

"Prima. Kom je dan zo wat drinken, beneden? Amber vindt het ook gezellig als je er even bij komt zitten." Zonder op antwoord te wachten, liep Jade de kamer weer uit.

*

Het was dinsdagochtend en Amber stond tobberig in haar kledingkast te kijken. Wat moest ze in vredesnaam aan voor die sollicitatie bij Psyquin? Een zakelijk mantelpakje of gewoon een nette lange broek met een vrolijk gebloemd hesje?

Normaliter had ze voor een chique broek gekozen, maar ja... Dat durfde ze nu eigenlijk niet aan. De kraamzuivering – zoals dat zo mooi heette – ging niet helemaal volgens het boekje en ze bloedde nog steeds behoorlijk heftig. Gisteren was er opeens een soort klont uitgekomen die uiteraard langs haar maandverbandje was geglibberd en voor een gigantische lekkage in haar eerst zo hagelwitte zomerbroek had gezorgd. En dan had ze nog verschrikkelijk geboft dat de ellende haar in haar eigen keuken was overkomen.

Stel je voor dat ze in de supermarkt had gelopen en daar een bloedbad had veroorzaakt? Dan waren de roddels weer niet te overzien geweest. En er werd al zo vaak over haar gepraat sinds die rampaflevering van *Utrecht in Tranen*. Bij de herinnering trok er een rode waas van schaamte over haar gezicht en ze beet op haar lip.

Straks stond er nog zo'n klont op springen. Ze moest er niet aan denken dat ze bij Psyquin op een dure witte bank zou zitten en...

Er klonk een korte klop op de slaapkamerdeur en zuster Speelman stapte binnen. "Ik heb net die broek uit de wasmachine gehaald en ik moet eerlijk bekennen dat – zoals u al zei – de meeste bloedvlekken er op negentig graden inderdaad uit zijn gegaan, maar ik vrees dat u hem nooit meer zult passen. Hij is een beetje gekrompen."

Als bewijs hield ze een pas gecentrifugeerd mini-broekje omhoog. "Het was uw eigen beslissing om zo'n heet programma te doen."

Amber zuchtte diep. Wat ontzettend jammer van haar dure designerbroek. Het was er nog eentje uit de collectie van Grutters.

Dit tere weefsel uitsluitend voorzichtig op de hand wassen...

Ja, ja. Dan had ze die vlekken er toch nooit uitgekregen?

"Gooi maar gewoon weg, zuster. Daar krijgen we de pop van Noortje niet eens meer in."

"Als u zo heftig blijft bloeden, moet u even langs de dokter gaan. Er kan nog een stukje placenta zijn achtergebleven en met een curettage is het euvel dan zo verholpen."

Amber had totaal geen zin in een curettage. Daar moest ze voor naar het ziekenhuis. Van de gedachte alleen al kreeg ze het Spaans benauwd. "Die klont is er nu toch uit?"

"Er kan nog meer zitten," verklaarde zuster Speelman op een belerend toontje.

"Nee," zei Amber fel. "Er zit absoluut niets meer. Ik ga echt niet naar een hospitaal."

Zuster Speelman trok een wenkbrauw op. "Het is uw eigen beslissing, maar ik wil u wel waarschuwen dat u de meest vreselijke infecties kunt krijgen en..."

Amber schoot rechtop. "Ik moet zo weg, dus daar praten we een andere keer nog wel over."

Ooit...

Bijvoorbeeld op het moment dat de magnolia's op de Noordpool in bloei stonden of wanneer de eerste mensen in riante villa's op de maan gingen wonen.

"U moet het zelf weten, mevrouw Wilkens. Het is uw eigen lichaam." Zuster Speelman hing het gekrompen broekje met een melodramatisch gebaar over haar arm en zeilde met beledigde passen de slaapkamer uit.

Amber wreef vermoeid over haar ogen. De zuster had natuurlijk helemaal gelijk. Als het niet snel beter werd, moest ze toch langs een dokter. Ze kon moeilijk de rest van haar leven met een incontinentie...

Hé, dat was een briljant idee. Tante Wies had op het eind van haar leven geregeld zo'n Tena Lady-geval gebruikt en met een beetje mazzel...

Amber liep naar de oude slaapkamer van tante Wies, die er nog steeds bijlag alsof Wies alleen maar even een blokje om was. Ze trok de kast open en graaide achter de lakens, want tante Wies had zelfs aan zichzelf niet willen toegeven dat ze af en toe ongewild wat urine verloor. En ja hoor, al snel raakten haar vingers een stapel incontinentiebroekjes.

Mooi zo.

Ze haastte zich met haar buit terug naar de slaapkamer en hees zich in het luierbroekje. Het zat uiteraard voor geen meter maar als ze er nog een maandverbandje inlegde, hoefde ze tenminste niet bang te zijn voor gênante lekkages. En daar ging het immers om.

Ze pakte een chic zakelijk mantelpakje uit de kast, zocht er een bijpassend bloesje en een paar torenhoge hakschoenen bij en kleedde zich haastig aan.

Na een korte blik op haar horloge werkte ze in ijltempo haar make-up en lipstick nog even bij en spurtte met de luide kreet

'Dag zuster Speelman, tot straks!' de deur uit.

*

Vanaf de Koninginnelaan was het maar een klein stukje rijden naar het mooie kantoorpand van Psyquin op de Wieksloterweg.

In normale gevallen had Amber natuurlijk de fiets genomen, maar fietszadels zijn niet bepaald gemaakt voor ultra strakke rokjes en iedereen die wel eens met een dik maandverband in haar slipje op de fiets is gestapt, weet dat je dan je lol helemaal op kunt.

Het zwarte gietijzeren hek stond open en Amber reed langzaam de oprit van kleine kleurige tegeltjes op tot ze bij een rijtje parkeerplaatsen kwam, waar ze haar wagentje naast een dure blauwe Peugeot neerzette.

Ze wurmde zich uit de auto en bleef even staan om haar wild kloppende hart weer tot bedaren te brengen. Het sloeg nergens op, maar ze was hartstikke nerveus.

Waarom eigenlijk? Zo belangrijk was deze sollicitatie nou ook weer niet. Toch?

Om het geld hoefde ze immers niet te werken. Tante Wies had haar genoeg nagelaten om de rest van haar leven rustig aan te kunnen doen.

Langzaam liet Amber haar ogen over het statige landhuis glijden. De hoge rechte muren waren opgebouwd uit lichtrode steentjes en het hoge puntdak was bedekt met grijze leisteen. Een gloednieuw modern huis in de stijl van een eeuwenoud Loirekasteeltje.

Amber haalde diep adem en liep langzaam naar het speelse bordes dat in het midden van de voorgevel was gebouwd. Toen ze dichterbij kwam, zag ze dat je er twee kanten uitkon.

Er waren zes treden naar boven om bij de grote voordeur te komen, maar daarnaast wees er – boven een bordje met *Psyquin Interactieve Zelfhulp* – ook een kleurige pijl naar beneden.

Amber bleef staan. Wat hadden ze dit mooie gebouw praktisch ingedeeld! Het gezin woonde boven en in het souterrain was het bedrijf gevestigd.

Dit wilde zij ook! Een droom van een mini-kasteeltje met een prachtig aangelegde tuin en genoeg ruimte voor een eigen psychologische praktijk aan huis. En natuurlijk moest er ook een tennisbaan zijn voor de kinderen en een met rode rozen overwoekerd prieeltje om op mooie dagen rustig een boek te kunnen lezen. En een schommelbankje om samen met Tom een wijntje te drinken...

De gedachte aan Tom bracht Amber met een schok weer in de rauwe werkelijkheid terug. Tom zat voorlopig in het huis van bewaring in Almere. En of ze ooit samen weer een gelukkig leven zouden hebben, was nog maar de vraag.

Als het aan Vincent lag, bleef Tom daar eeuwig zitten. Het leek wel of Vincent de rechter aan een touwtje had. Meester Antons kon roepen wat hij wilde, de rechter bleef Oost-Indisch doof en deed alles wat Vincent vroeg.

Amber voelde haar hart alweer naar de hoogste versnelling schieten. Straks bedacht Vincent nog meer gemene dingen om

Tom dwars te zitten. Ze had vannacht gedroomd dat de ellendeling in de gevangenis een boef ging inhuren om Tom te vermoorden…

Natuurlijk was dit een droom, maar Toms broer Rutger was destijds ook vermoord in de gevangenis. En ze had wel vaker gelezen dat veroordeelden door andere gevangenen in elkaar werden getimmerd of misbruikt. Bewakers zagen ook niet altijd alles en vooral in de douches scheen het levensgevaarlijk te zijn.

"Oh Tom!" prevelde ze in zichzelf. "Ik hou zoveel van je. Hoe moet dit ooit nog goedkomen?"

"Amber?" zei opeens een donkere mannenstem ergens ter hoogte van haar voeten. "Amber, wat sta je daar te mompelen? Gaat het goed met je?"

HOOFDSTUK 6

Amber staarde stomverbaasd naar de knappe man met de kortge-knipte bruine krullen die langzaam uit het souterrain naar boven kwam.

Hij droeg een donkerblauw maatpak met lichtgrijze streepjes en Amber had hem nog nooit zo netjes gezien.

Maar hij was het wel.

Floris...

De vrolijke medestudent waar ze in haar studietijd psychologie zo ontzettend verliefd op was geweest. En hij op haar. Maar dat had hij haar pas gezegd toen het al te laat was en zij met Vincent ging trouwen...

"Floris?" stotterde Amber. "Wat doe jij nou hier?"

"Ik werk hier."

"Je werkt hier?"

Floris lachte en Amber staarde gebiologeerd naar het guitige kuiltje in zijn kin.

"Dat is toch niet zo raar?" vroeg Floris. "Jij komt hier immers solliciteren en wij hebben dezelfde opleiding gedaan."

Amber haalde diep adem en kreeg zichzelf weer een beetje in de hand. "Ja, dat klopt. Was een duffe vraag."

"Er bestaan geen duffe vragen," vond Floris en hij maakte een uit-nodigend gebaar naar de trap die onder hem lag. "Loop je mee?"

"Ja, ja natuurlijk."

Met een gevoel alsof ze droomde, liep Amber achter Floris aan, zes treden naar beneden. Onderaan de trap was net zo'n fraai bewerkte voordeur als bovenaan het bordes. Ze stapte over de hoge drempel en kwam in een grote hal.

"Daar achteraan is de garderobe," wees Floris. "Daar kun je je jas kwijt en dat soort dingen." Hij draaide zich half om en wees op een hoge groene deur. "Als je dan zover bent, dan wacht ik in kamer vijf."

"Jij wacht in kamer vijf? Maar ik heb een afspraak met Carolien Zwanenburg."

"Die was plotseling verhinderd."

"Maar had ze dan niet beter…"

"De afspraak kunnen verzetten, bedoel je?"

"Eh… Ja. Toch? Of ben jij hier… eh…"

"Nee, ik ben de baas niet, maar als Carolien er niet is, neem ik haar taken over."

"Geldt dat dan ook voor sollicitatiegesprekken? Ik bedoel, moet ik straks dan nog een keer met Carolien praten?" Terwijl ze het zei, besefte ze dat ze onzin uit stond te kramen. De meeste sollicitaties bestonden immers uit meerdere rondes en de eerste selecties werden meestal niet door de directie persoonlijk gedaan.

"Eh, ik bedoel natuurlijk… Ik, eh…" stotterde Amber.

Floris glimlachte en het kuiltje in zijn kin werd weer zichtbaar. "Ga nou eerst je jas maar even uitdoen."

"Dit is een mantelpakje, jij doet je colbert toch ook niet uit?"

"Oh… Oké. Loop maar mee dan."

Floris liep voor haar uit naar kamer vijf, gooide de deur met een zwaai open en liet Amber naar binnen gaan. "Wil je koffie?" vroeg hij.

Amber had best zin in koffie, maar ze had weinig zin om het drankje over haar kleren te gaan morsen. En dat was net wat voor haar, om tijdens zo'n sollicitatie de boel helemaal onder te gaan kledderen. "Nee, ik heb thuis al koffie op. En het is maar zo'n klein stukje rijden, ik ben amper tien minuten onderweg geweest." En in die tijd had ze ook nog minstens vijf minuten bij de aanblik van het huis staan zwijmelen.

"Oké, vind je het heel erg als ik wel een bakje neem?"

"Nee, natuurlijk niet."

"Als jij dan vast een stoel uitzoekt bij het bureau, dan ben ik zo terug."

Floris ging koffie halen en Amber keek nieuwsgierig rond. Ze had half en half verwacht dat het een donkere bedoening zou zijn, dit souterrain zo half onder de grond, maar er kwam genoeg licht binnen door het enorme raam aan de andere kant van de kamer. Door het glas had ze uitzicht op een muur die bedekt was met uitbundig bloeiende rode rozen.

In de hoek van de kamer was een zitje van vier luxe stoelen, bekleed met wit pluche, die rondom een laag tafeltje waren neergezet. Er stond een antieke Friese staartklok naast. Een eindje verderop zag ze een enorm eikenhouten bureau met bijpassende stoelen, die waren gestoffeerd met een wit soort leer.

Amber keek even nadenkend naar het pluche. Als ze daarop ging zitten en een overstroming kreeg, waren de rapen gaar. Dus kon ze maar het beste voor een leren stoel kiezen. Daar was een eventuele overstroming natuurlijk wel op te zien, maar dat zou geen definitieve schade veroorzaken.

Ze zakte op een van de leren stoelen neer en schoof wat nerveus heen en weer tot het opgekrulde maandverband weer wat comfortabeler zat. Nu maar hopen dat ze het droog hield.

Ach, natuurlijk hield ze het droog. Zo'n Tena Lady kon een flinke plas urine aan. En zoveel bloed verloor ze nou ook weer niet.

Floris kwam terug met twee grote mokken waar een heerlijke koffiegeur omheen zweefde en hij zette een van de mokken voor Amber neer. "Vers gezet, maar als je het toch niet lust, dan laat je het maar staan." Hij schoof de andere mok naar de overkant van het bureau, ging zitten, nam een flinke slok en gaf Amber een knipoogje. "Hoe is het met je modelkinderen?" vroeg hij.

Amber nam toch maar een slok koffie en haalde daarna haar schouders op. "Goed, maar, eh... dat woordje model kan er wel af. Ze zijn aan het puberen."

Floris knikte begrijpend. "Mijn dochter Evelien begint ook steeds lastiger te worden. Het schijnt erbij te horen, maar leuk is anders." Hij keek haar indringend aan. "En je hebt net een baby gekregen?"

Oh help! Straks begon hij nog over haar afgang bij *Utrecht in Tranen*!

Amber draaide haar ogen snel van Floris weg en deed net of ze al haar aandacht bij de Friese staartklok had. "Ja, klopt," mompelde ze.

"Een baby van Tom Enzinga," zei Floris langzaam. "Ik snap niet wat een leuke meid als jij met zo'n inbreker moet."

Amber voelde al haar stekels rechtop schieten en ze keek Floris uitdagend aan. "Michel is niet van Tom Enzinga. En als dat wel zo was, ging het je niks aan."

"Je hebt gelijk," zei Floris langzaam. "Waarom heb je bij Psyquin gesolliciteerd?"

Amber had er opeens genoeg van. Daar zat ze zich nu in angst en beven af te vragen wanneer de eerste bloederige spetters op die witte stoel zichtbaar zouden zijn en dan moest ze ondertussen nog een kruisverhoor aan indiscrete vragen over zich heen laten komen. Daar had ze totaal geen zin in.

Bovendien wist ze niet hoe Floris nu over haar dacht. In de psychologie was maar al te bekend dat afgewezen liefde heel makkelijk om kon slaan in haat. Dan was er alle kans dat Floris haar uit pesterij een benauwd uurtje ging bezorgen, terwijl hij op voorhand al besloten had dat de baan aan haar neus voorbij zou gaan. Daar was ze echt te goed voor!

"Ik ga maar weer eens." Amber stond op. "Het is duidelijk dat je het niet ziet zitten met mij, dus dan is het onzin om onze tijd hier nog verder mee te verspillen."

"Hoe kom je daar nou bij, Amber? Ik wil je juist hartstikke graag als mijn collega. Je bent een geweldige vrouw. Ik, eh… Het spijt me dat ik zo indiscreet werd. Dat zal niet meer gebeuren."

Amber keek Floris aarzelend aan. Meende hij dat nou echt?

"Ga nou zitten, Amber," drong Floris aan. "Ik was gewoon benieuwd hoe je aan deze vacature komt en zo."

"Van Jade. Die heeft een stuk uit de krant geknipt en ze heeft de sollicitatiemail ook voor me opgestuurd. Uiteraard zonder iets tegen mij te zeggen."

Floris knikte langzaam. "Ik dacht al dat het zoiets was. Ik herkende jouw schrijfstijl helemaal niet. Maar je bent wel geïnteresseerd toch?"

Amber ging toch maar weer zitten. "Ja, anders was ik niet gekomen."

"Oké, laten we dan gewoon maar even opnieuw beginnen." Floris nam een flinke slok koffie. "Psyquin werkt met een zelfhulpsysteem, dat heb je gezien?"

"Ja, met die modules helpen mensen als het ware zichzelf, dat heb ik al begrepen."

"Oké, we hebben op dit moment: Beter slapen, greep op faalangst en minder piekeren. En dat willen we gaan uitbreiden met een module speciaal voor vrouwen met de voorlopige titel *Nee zeggen* of *Opkomen voor jezelf.* Wij zijn daar nog over aan het brainstormen."

"Maar het wordt dus een assertiviteitscursus," knikte Amber.

"Ja, en daarnaast willen we een module ontwikkelen om mensen te leren omgaan met hun verslaving. Roken, drinken, gokken... eigenlijk is dat ook een vorm van 'Nee zeggen', maar dan tegen jezelf."

Floris praatte opgewekt door en Amber keek naar hem. Zijn lippen bewogen soepel, en af en toe ving ze een glimp op van zijn regelmatige witte gebit. Hij was niks veranderd. Behalve dan dat korte haar. De laatste keer had hij nog zo'n heerlijke bos wilde krullen gehad. Waarschijnlijk vond hij dat een afgestudeerd psycholoog er wat zakelijker uit moest zien dan een simpele student. Daarom liep hij nu natuurlijk ook in een maatpak rond.

Amber voelde ineens een warme golf nattigheid op het intieme plekje tussen haar benen. Een paar tellen dacht ze nog dat ze het warm kreeg van Floris, maar daar kwam het niet van. Een nieuwe klont bloed!

Oh help! Als die Tena Lady het nu maar uithield! Straks kledderde ze hier de hele boel onder. Dan durfde ze Floris nooit meer onder ogen te komen.

"Dat was het zo ongeveer," verklaarde Floris op datzelfde ogenblik. "Heb je nog vragen?"

Amber kneep haar benen zo goed mogelijk tegen elkaar en stond op. "Ik voel me niet zo lekker. Ik kom een andere keer wel terug." Ze deed een stap in de richting van de deur, maar opeens begon de hele kamer om haar heen te draaien en voor ze besefte wat er gebeurde, viel ze voorover op de grond.

Floris schoof zijn stoel met een klap naar achteren en spurtte om het bureau heen. "Amber! Wat is er ineens?"

Amber voelde een volgende klont weg glibberen en knipperde heftig met haar ogen. "Ik… ik…" Terwijl de zwarte waas voor haar ogen langzaam wegtrok, pakte Floris haar voorzichtig beet en hielp haar weer op de been.

"Kom maar, in de kamer hiernaast staat een bank. Daar kun je wel even gaan liggen. Of moet ik een dokter bellen?"

Amber schrok.

Een dokter? Nee, echt niet!

"Het gaat alweer beter, maar ik wil nu wel naar huis." Ze stapte dapper in de richting van de deur.

"Weet je het zeker?" vroeg Floris. "Je loopt heel erg te wiebelen."

Er schoot Amber nog net op tijd een smoesje te binnen. "Dat komt van mijn Manolo Blahniks." Ze kon moeilijk zeggen, dat ze haar benen zo heftig tegen elkaar aan kneep.

"Je Manolo wat?" vroeg Floris.

"Mijn schoenen. De hakken zijn aan de hoge kant. Laat me nou maar gewoon." Amber greep de deurklink beet. "Ik kom wel een andere keer terug voor die sollicitatie, als jullie me nog willen hebben."

"We willen je zeker graag hebben, Amber. Wat mij betreft ben je aangenomen."

"Maar ik heb immers nog niks gezegd."

"Ik ken je toch? Dit gesprek was vooral voor jou bedoeld. Om jouw vragen te beantwoorden. En om je salaris te bespreken en zo."

Amber voelde een volgende klont langs glibberen. "We praten er nog wel over," zei ze snel. "Ik wil nou echt naar huis." Ze trok de deur open en liep langzaam de hal in. Daar bleef ze weer even staan en haalde ze diep adem. De ergste duizeligheid was gelukkig weer over, maar de bloeding niet. Ze voelde de nattigheid met kleine warme straaltjes naar buiten druppelen. Dus moest ze hier zo snel mogelijk weg, voor haar Tena Lady de strijd zou opgeven. "Je kunt zo echt niet autorijden," hoorde ze Floris achter haar zeggen. "Geef je sleutels maar. Ik breng je wel even." Hij pakte haar arm en leidde haar de trap op. Daarna liepen ze arm in arm over het grindpaadje in de richting van het parkeerplaatsje.

Amber wist niet meer hoe ze het had. Aan de ene kant vond ze het heerlijk om zo dicht bij Floris te zijn, maar aan de andere kant moest ze voortdurend aan Tom denken.

Ze hield van Tom! Maar ze besefte opeens dat ze eigenlijk ook nog steeds van Floris hield…

Kon dat? Kon je van twee mannen tegelijk houden?

'Tom mag dan zo op het oog een prima vent lijken,' hoorde ze Jades stem opeens in haar hoofd zeggen. *'Maar jullie komen uit een totaal ander nest. Waarom bel je Floris niet eens op? Die past veel beter bij je, dat heb ik altijd al gezegd. Nog voor je met Vincent trouwde.'*

Ergens had Jade natuurlijk gelijk. Tom was een inbreker die er zelfs geen been in had gezien om haar innig geliefde schoonmoeder op de stoep van haar huis neer te schieten. Gelukkig had mevrouw Bering er niks aan over gehouden, maar toch…

Als je bajesklant Tom Enzinga naast de keurige psycholoog Floris van der Naald zette… dan sloeg de balans natuurlijk zwaar in het voordeel van Floris door.

Ach onzin! Ze hield van Tom, ze hadden het fijn samen. Wat kon het haar schelen dat hij vroeger een inbreker was geweest? Voor haar was hij altijd ontzettend lief.

En bovendien, wat wist ze nou verder van Floris? Zo heel goed kende ze hem nou ook weer niet.

"Geef je sleutels maar," hoorde ze Floris zeggen. "Dan help ik je even in de auto."

Amber keek om zich heen. Zonder het te merken was ze al piekerend weer bij de auto aangeland. Ze viste haar sleutels uit haar tas. "Ik kan best alleen, ik voel me weer prima."

"Dan kunnen we net zo goed het gesprek binnen nog even gaan voortzetten," stelde Floris voor en hij wees op een grijze Audi die de oprit opreed. "Daar komt Carolien ook net aan. Kunnen we gelijk je salaris nog even…"

"Nee, ik ga nu naar huis."

"Maar als je je alweer beter voelt, dan…"

"Zeur niet zo, Floris. Ik wil naar huis."

Floris trok een wenkbrauw op. "Geef me je sleutels, dan breng ik je."

"Maar als ik je nu zeg dat ik…"

"Jij rijdt beslist niet. Ik zou het mezelf nooit vergeven als je nu iets overkomt, dus hier met die sleutels."

Amber zuchtte diep.

"Kom op, Am," drong Floris aan. "Ik zet je af en ik ga gelijk weer terug."

"Lopend zeker?" vroeg Amber.

Naast hen werd een autoportier dichtgeklapt en een vrouwenstem vroeg: "Kan ik ergens mee helpen?"

"Dat is Carolien Zwanenburg," zei Floris meteen. "Carolien, dit is Amber Wilkens."

Carolien stak haar hand naar Amber uit. "Leuk kennis te maken, Amber. Kom je net aan of ga je weer weg?"

"Amber is flauwgevallen," legde Floris uit, voor Amber iets kon zeggen. "Ik heb aangeboden om haar even naar huis te brengen, maar ze wil per se zelf rijden."

"Flauwgevallen?" schrok Carolien. "Dan zou ik inderdaad even niet rijden. Stap maar bij mij in, dan rijdt Floris ons in jouw auto achterna."

Amber keek met een scheef oog naar de smetteloze bekleding

van de luxe Audi en ze schudde haar hoofd. "Ik zit liever in mijn eigen auto. Ik, eh…" En toen schoot haar gelukkig een plausibel leugentje om bestwil te binnen. "Ik ben een beetje misselijk en ik moet er niet aan denken dat ik jouw dure auto…"

"Nee, daar wil ik ook beslist niet aan denken," schrok Carolien. "Dan rij ik wel achter jullie aan, dan kan Floris zo weer met mij mee terug."

*

Het was gelukkig maar een kort ritje naar de Koninginnenlaan, maar naar Ambers gevoel duurde het uren en uren. Ze was naast Floris op de voorstoel gaan zitten en op het moment dat haar billen de volgezogen Tena Lady raakten, werd ze overspoeld door pure paniek. Het was alleen nog maar een kwestie van tijd voor ze gigantisch zou gaan doorlekken. De vlammen sloegen haar uit van pure ellende. Haar auto kon wel tegen een smeerboel, maar zij niet.

Oké, ze snapte best dat het allemaal heel gewoon was om na een bevalling bloed te verliezen. Net zo normaal als ongesteld zijn. Maar ze moest de vrouw nog tegenkomen, die de boel *en plein public* onder de rode troep kledderde en dan vrolijk riep dat een ongesteldheid er nou eenmaal bijhoorde. Het was toch een soort taboe waar alle reclames gretig op inspeelden.

'*Voel je beschermd en zelfverzekerd, elke dag van de maand*' en '*Niemand hoeft er iets van te merken*', en dat soort kreten maakten elke vrouw heel erg duidelijk dat niemand mocht weten wanneer de vlag uithing. En voor de ongelukkigen die er ook nog buikpijn bij hadden, waren er onzichtbare warmtekussentjes bedacht, zodat je onbeperkt kon doorrennen.

Amber beet op haar lip. Ze had ooit eens in een geschiedenisboek gelezen over volksstammen waar vrouwen tijdens hun menstruatie werden afgezonderd. Dan konden ze heerlijk uitrusten totdat het weer over was. Misschien moest ze gewoon eens een handtekening-actie beginnen om zo'n regel ook in Nederland te gaan invoeren?

"We zijn er," zei Floris. Hij trok de sleutels uit het contact en gaf die aan Amber. "Ik loop nog heel even met je mee."

"Dat hoeft niet, ik kan best zelf."

"Geen sprake van." Floris stapte uit, liep om de auto heen en gooide de deur aan Ambers kant wijd open. Met zijn ene hand hielp hij Amber uitstappen en zijn andere hand stak hij groetend omhoog naar Carolien. "Ik breng haar nog even naar boven," riep hij. "Ik ben zo terug."

Carolien stak haar hoofd uit het autoraampje. "Helemaal oké. Beterschap, Amber."

Amber zwaaide vrolijk terug, terwijl ze intussen vurig hoopte dat er geen enorme bloedvlek op de achterkant van haar mantelpakje zat.

Ach wat, het viel vast mee, want toen ze net uitstapte, had de autostoel er nog ongeschonden uitgezien. Ze zwaaide nog een keer naar Carolien en liep met Floris het smalle steegje naast de wolwinkel in, dat toegang gaf tot de privé-opgang. Ze draaide de deur van het slot en keek Floris aan. "Ga maar. Ik bel morgen wel even. Of dat jij mij belt."

Floris knikte. "Oké." Al pratend boog hij zich naar haar toe en gaf haar een kus op haar rechterwang.

Amber schrok en draaide haar hoofd weg. Maar Floris was net aan een tweede kus begonnen die voor haar linkerwang was bedoeld en omdat Amber haar hoofd zo schielijk wegdraaide, belandden zijn warme lippen vol op haar mond.

Floris zat er niet mee. Hij legde zijn armen om haar heen en fluisterde: "Je bent zo mooi, Amber. Ik heb je zo gemist."

Amber wist later niet meer wat haar had bezield, maar in plaats van hem weg te duwen – wat toch normaal was voor een vrouw die al een leuke vriend had – sloeg ze haar armen ook om Floris heen en opnieuw raakten hun lippen elkaar.

Hij was warm en sterk, en hij smaakte heerlijk naar koffie.

Amber vergat alles om zich heen en gaf zich over aan de opwindende kus.

Maar opeens brulde een overbekende boze mannenstem haar wreed naar de werkelijkheid terug. "Amber, wat krijgen we nou? Waar ben jij mee bezig?"

Amber sprong van pure schrik een halve meter naar achteren om maar zo snel mogelijk bij Floris vandaan te komen, maar ja… torenhoge Manolo's zijn niet bepaald gemaakt om mee te gaan rondspringen en de stilettohak van haar rechterschoentje overleefde de landing dan ook niet.

Amber tuimelde achterover tegen de muur en gleed als een zoutzak naar beneden. Duizelig wreef ze over haar ogen.

"Wat moet jij met mijn vriendin?" snauwde de boze mannenstem.

Tom…

Dat was Tom! En dat was natuurlijk superheerlijk, maar eigenlijk kwam het nu best een beetje ongelukkig uit. Wat had haar bezield om Floris te staan kussen? Ze leek wel gek!

"Het spijt me," hoorde ze Floris zeggen. "Ik, eh… Amber was bij mij op sollicitatiegesprek en, eh… ze viel flauw en ik ving haar op."

"Ja, ja. Geloof je het zelf?" baste Tom.

"Er is geen woord van gelogen," verklaarde Floris. "Ze viel echt flauw. Hè, Amber?"

Amber knikte heftig. "Ja, ik leg het je zo wel uit. Dag Floris, doe de hartelijke groeten aan Carolien."

Floris greep de aangeboden ontsnappingskans met beide handen aan. "Groetjes, Amber," bromde hij op een gespeeld ontspannen toontje en daarna maakte hij dat hij wegkwam.

Ergens vond Amber dat toch raar. Zonder voor haar te vechten liet Floris haar gewoon in de steek. Net als die keer toen ze nog met Vincent getrouwd was geweest. Floris was weggegaan en zij had letterlijk Vincents klappen mogen opvangen. Ze had toen weken met een blauw oog rondgelopen.

Tom keek Floris met een broedende blik in zijn ogen na, stapte op Amber af en trok haar overeind. "Wat zijn dat nou voor smoesjes? Je stond die vent te kussen. Ik heb het met eigen ogen gezien."

Hij had het met eigen ogen gezien…

Oh help, hoe kletste ze zich hier ooit nog uit?

"Floris is een oude studievriend van de psychologie-opleiding. We namen afscheid met een paar kussen en…" Ze haalde moeizaam haar schouders op. "Die kwamen een beetje verkeerd terecht."

"Vertel mij wat," bromde Tom. Hij klonk nog steeds boos.

"Ik weet ook niet wat me opeens bezielde," zei Amber eerlijk. "Ik voel me echt niet zo lekker en ik had misschien gewoon behoefte aan wat troost. Anders kan ik het ook niet verklaren. Zo leuk vind ik Floris nou ook weer niet."

Hè, waarom zei ze dat nou? Ze vond Floris wél leuk!

Gelukkig keek Tom op slag wat vrolijker en hij sloeg zijn arm beschermend om haar heen. "Nou, kom maar. Gaan we gauw naar boven. Ik ben eindelijk weer vrij."

"Echt waar? Ben je vrijgesproken? Definitief?"

Tom knikte. "Yep, ze hebben uitgebreid DNA-onderzoek gedaan op de *crime scene* en het stikte daar natuurlijk van de sporen, maar uiteindelijk toch geen match met mij. Ik kan daar dus nooit geweest zijn."

"Dat heb ik ze toch van tevoren al verteld? Je lag die nacht bij mij in bed. Waarom geloofden ze mij dan niet?"

Tom haalde zijn schouders op. "Moet je dat nog vragen? Die exman van jou heeft er echt álles aan gedaan om mij verdacht te maken. En het was het woord van de dure advocaat tegen dat van een sloeberige inbreker, dus dan weet je het wel."

"Maar hoe zit het dan met die getuigen waar meester Antons het over had? Die jou zogenaamd gezien hadden? Die hebben dan toch gewoon een partij staan liegen?"

Tom grinnikte. "Die lui zijn door de politie van hun werk gehaald en meester Antons zit ze nu te ondervragen. Maar ik denk niet dat het veel oplevert, Amber. Het was donker en ze kwamen net van een feestje waar flink alcohol geschonken werd, dus die kletsen zich daar wel uit."

Amber knikte langzaam. "Vincent zal ze wel een hele berg geld beloofd hebben."

"Dat denk ik ook en… Shit, wat is dat nou?"

Amber keek verbaasd naar hem op.

"Kan het zijn dat je ergens bloedt? Er liggen overal druppels."

De vlammen sloegen Amber opeens uit, maar ze wist dat ze zich bij Tom nergens voor hoefde te schamen. "Ja, dat is van mij. Ik loop zo ongeveer leeg. Laten we maar gauw naar boven gaan. Dan kan ik even douchen. Ik plak aan alle kanten."

*

Een halfuurtje later lag Amber fris gewassen in de woonkamer op de bank met een vers geperst glas sinaasappelsap.

Ze had liever een kop koffie gekregen, maar daar had zuster Speelman geen boodschap aan gehad. "U heeft uw vitamientjes hard nodig, mevrouw Wilkens. Dus eerst het sap en daarna pas koffie."

Het had Amber een beetje aan een televisiereclame doen denken, waarbij de kinderen van een strenge moeder eerst een boterham met kaas moesten eten voor ze aan de hagelslag mochten beginnen. Alsof melkproducten zo gezond waren met al die antibiotica erin!

Er klonk een korte klop op de deur en zuster Speelman verscheen op de drempel. "Mevrouw Viola van Horsten," kondigde ze aan.

"Viola van…" begon Amber verbaasd. "Maar ik heb toch helemaal niet…"

"Ik heb mevrouw gebeld. U verliest veel te veel bloed en als verpleegkundige ben ik ervoor verantwoordelijk dat u de juiste medische zorg krijgt."

Na deze kordate woorden deed zuster Speelman vakkundig een stap opzij om de verloskundige door te laten en een tel later stapte er een kleine, volslanke vrouw de kamer binnen. Ze droeg een keurig zuurstokroze mantelpakje met bijpassende kousen en pumps. Haar kapsel zat helemaal perfect en op haar make-up was ook niets aan te merken.

Amber moest ineens aan haar vaste nachtmerrie denken waarin Viola van Horsten altijd als een aangeschoten grijze slons in een maffe bloemetjesjurk werd neergezet. Hoe kwam ze toch aan die rare droom? Viola was in het echt een prima vrouw!

Viola van Horsten stapte op Amber af en gaf haar een hand. "Blijf lekker liggen, meisje," zei ze hartelijk. "Ik heb van de zuster begrepen dat je nogal bloedt en zij is bang dat er wat nageboorte achtergebleven is."

Amber knikte kleintjes. Als Viola nou maar niet ging zeggen dat ze meteen naar het ziekenhuis moest. Ze had er totaal geen zin in om daar met haar benen wijd te gaan liggen. Ze wilde naar bed. En dan lekker de dekens over haar hoofd trekken, zodat niemand haar meer kon zien!

"Ik heb die Tena Lady even nagekeken en daar zat inderdaad een flintertje weefsel bij. Ik heb daarover even met Kim en Jolien gebeld..." Ze keek Amber glimlachend aan voor ze verder praatte. "Dat zijn de verloskundigen die bij de bevalling waren, weet je wel?"

Amber voelde hoe ze begon te kleuren. En of ze dat nog wist! Oh help, als Viola nu maar niet over die gigantische afgang bij *Utrecht in Tranen* zou beginnen. Dan wist ze helemaal niet meer hoe ze kijken moest...

Maar Viola ging gelukkig op haar eigen onderwerp door. "De dames hebben me bezworen dat ze de placenta goed hebben gecontroleerd. Dus dan kunnen we eigenlijk wel aannemen dat het er nu allemaal uit is."

Amber haalde opgelucht adem. "Gelukkig. Dus dan gaat het vanzelf wel weer over?"

Viola trok een gezicht. "Ik wilde je toch nog even onderzoeken om te kijken hoe het er nu uitziet. Zuster Speelman heeft al een matje op je bed gelegd, dus als je even meeloopt, gaan we even controleren."

Daar had Amber natuurlijk ook totaal geen zin in, maar ze besefte dat ze weinig keus had. Stiekem balend liep ze met Viola mee naar de slaapkamer.

HOOFDSTUK 7

"Waar blijven Noortje en Reinier nou toch?" vroeg Amber bezorgd. "Het is al half vijf. Die hadden toch allang thuis moeten zijn?"

"Misschien zijn ze ergens huiswerk gaan maken?" suggereerde Tom.

Amber wreef met een pijnlijk gezicht over haar buik. De verloskundige had haar na het onderzoek wat pilletjes gegeven om de baarmoeder te laten samentrekken en dat voelde niet echt plezierig. Ze kreeg steeds meer het ellendige idee dat ze opnieuw op het punt van bevallen stond. "Ze bellen altijd als ze ergens gaan spelen," zei ze langzaam. "Dat is zo afgesproken."

Tom haalde losjes zijn schouders op. "Ik zou me maar niet te veel zorgen maken, als ik jou was. Misschien hebben ze een nieuwe pest-actie bedacht?"

Amber kneep haar ogen met een vermoeid gebaar even dicht en zuchtte diep. Ze zat dicht tegen Tom aan op de bank in de woonkamer en terwijl haar buik steeds erger begon op te spelen, had ze Tom in het afgelopen uur bijgepraat over het pubergedrag van haar tweeling. "Jade beweert bij hoog en bij laag dat zij ze weer in hun mand gekregen heeft."

"Dat heeft dan waarschijnlijk maar kort geholpen," constateerde Tom op een luchtig toontje.

"Misschien hebben ze zuster Speelman wel gebeld. Dat ik de telefoon niet gehoord heb. Ik ga haar even vragen."

Amber kwam moeizaam overeind, wreef opnieuw over haar buik

en liep met stijve passen naar de keuken waar zuster Speelman fluitend in de pannen stond te roeren. Dat hoorde weliswaar niet bij haar taken als verpleegkundige, maar de zuster kookte graag en had erop gestaan om ook dat deel van de verzorging op zich te nemen.

"Zuster Speelman?" vroeg Amber. "Weet u..."

Zuster Speelman stopte abrupt met fluiten, draaide zich om en begon vervolgens ongevraagd het menu op te lepelen. "We hebben rucola-salade met druiven en nootjes vooraf, dan courgette-gratin met aardappelpuree en verse eierragout, en als toetje maak ik bitterkoekjespudding met slagroom."

Ambers sombere gezicht klaarde op. "Bitterkoekjespudding? Met slagroom nog wel. Daar ben ik helemaal dol op."

"En u kunt er zo veel van eten als u wilt," lachte de zuster, "want de baby zorgt wel dat de calorieën met dezelfde gang weer verdwijnen."

"Ja, dat bevalt me wel. Voorlopig ga ik lekker door met de borstvoeding." Amber staarde even nadenkend voor zich uit. "Maar waar ik eigenlijk voor kwam, zuster... Weet u misschien waar Noortje en Reinier blijven? Hebben ze toevallig gebeld dat ze ergens..."

Zuster Speelman keek haar verschrikt aan. "Zijn ze nog niet thuis dan? Ik vond het ook al zo stil."

Amber schrok. "Hè? U weet nergens van?"

"Nee." Zuster Speelman schudde haar hoofd.

Ambers hart ging opeens als een razende tekeer en haar mond werd helemaal droog. "Maar waar blijven ze dan?" riep ze paniekerig.

Zuster Speelman gaf haar een bemoedigend tikje op haar arm. "Rustig maar, die lopen echt niet in zeven sloten tegelijk. Het zijn verstandige kinderen."

"Maar waar…"

"Toen u naar uw sollicitatie bij *Psyquin Interactieve Zelfhulp* was, is uw ex-man hier geweest. Hij heeft wat schoolboeken van de kinderen meegenomen."

Amber staarde de zuster aan. "U denkt dat ze…"

"Dat zou allicht een mogelijkheid kunnen zijn. Misschien zijn ze op bezoek bij hun kleine zusje. Zal ik eens voor u bellen?"

Amber knikte instemmend. "Ja, als u dat wilt doen, graag. Ik heb niet zo'n zin om Vincent te spreken."

"Dan laat ik eerst de eieren even schrikken. Het zou jammer zijn als de dooiers straks groen uitslaan." Al pratend pakte zuster Speelman de pan van het fornuis, zette de kraan voluit aan en liet het koude water over de eieren stromen. Daarna keek ze met een geroutineerde blik onder het deksel van de aardappelpan en knikte goedkeurend. "Dat kan wel even staan. Ik ben zo terug." Ze liep langs Amber heen de keuken uit en stapte regelrecht door naar het tafeltje in de hal, waar ook een huistelefoon stond.

"Het nummer is zes, nul, vijf, vier, een, twee, drie," riep Amber haar na.

Zuster Speelman haalde de ouderwetse hoorn van de haak. "Dat u dat zomaar uit uw hoofd weet," prevelde ze bewonderend.

"Het is mijn oude nummer, ik heb daar immers ook gewoond," verklaarde Amber.

"Oh natuurlijk. Maar nu ben ik het even kwijt. Eh… wat was het ook alweer? Zes, nul, en dan…"

"Vijf, vier, een, twee, drie," vulde Amber haastig aan. Als de kinderen daar nu maar waren! Ze had geen idee waar ze anders moest zoeken. Of was Noortje misschien naar Eline gegaan? Zonder dat ze het merkte, draaide Amber een rode haarlok om haar vingers en begon daar nerveus op te zuigen.

Maar als Noortje bij Eline zou zijn, waar was Reinier dan heen? Reinier had een laaiende hekel aan…

"Ja, goedemiddag meneer Bering, u spreekt met zuster Speelman. Ik bel even namens mevrouw Amber Wilkens over Noortje en Reinier. Zijn die misschien bij… Wat zegt u?" Zuster Speelman luisterde nog even, draaide zich om en hield Amber de hoorn voor. "Ik heb hier meneer Bering voor u. Hij wil u zelf even spreken."

Amber schudde haar hoofd. "Nee, daar pieker ik niet over. U kunt best…"

"Het lijkt me verstandiger dat u hem zelf even te woord staat, mevrouw Wilkens. En dan ga ik nu gauw de courgettes redden." Al pratend duwde ze Amber de hoorn in haar hand en haastte zich terug naar de keuken.

Terwijl haar buik weer flink begon te krampen, keek Amber met een pijnlijk gezicht aarzelend naar de telefoon. Ze had totaal geen zin om Vincent te spreken, maar ja… als hij wist waar Noortje en Reinier uithingen… Ze haalde diep adem en drukte de hoorn tegen haar oor. "Met Amber."

"Vincent hier," klonk het zakelijk. "Ik had verwacht dat je vandaag de officiële papieren wel in je brievenbus zou hebben."

"Officiële papieren? Wat bedoel je?"

"De rechter heeft gisteren uitspraak gedaan inzake de toewijzing van de kinderen."

"De toewijzing van…"

"Ja, Noortje en Reinier hebben ervoor gekozen om voortaan bij ons te wonen en dat heeft de rechter gefiatteerd."

Amber had opeens het gevoel dat ze in haar vaste nachtmerrie was beland. "Wat? Noortje en Reinier hebben…" stotterde ze.

"Voor mij gekozen, ja. Vanaf twaalf jaar mogen kinderen dat zelf bepalen."

"Ja maar…"

Vincent liet Amber niet uitpraten. "En voor de baby loopt de procedure nog," verklaarde hij.

Amber wist niet wat ze hoorde. Dit was niet echt. Ze moest wel dromen. "Voor de baby loopt…" stamelde ze verbijsterd.

"De procedure nog, ja. Ik heb onlangs een vaderschapstest laten doen en Michel is mijn kind."

Amber werd opeens ontzettend boos. "Wat denk jij wel niet? Natuurlijk is Michel jouw kind. Daar heb je toch geen vaderschaps…" Ze voelde haar buik alweer opspelen en kreunde zachtjes. "Maar hoe heb je dat… Ik bedoel…"

"Noortje heeft bij de baby DNA afgenomen en het testbuisje aan mij doorgegeven."

"Noortje heeft…"

Amber drukte haar vingers tegen haar lippen. Wat had zuster Speelman pas geleden ook alweer over Noortje gezegd? *En eer-*

gisteren zag ik dat ze met een wattenstaafje in Michels mondje stond te peuren...

Noortje!

Had Noortje willens en wetens wangslijm afgenomen bij de baby? Maar dat was toch...

"In elk geval zijn ze bij mij, dus je hoeft je geen zorgen meer te maken," zei Vincent opgewekt. "En over een week of zes kom ik ze een weekendje brengen. Dan ga ik met Rosalinde op citytrip naar New York."

Zes weken? Mocht ze zes weken haar kinderen niet zien? "Maar Vincent!" riep ze wanhopig. "Dat kun je toch niet maken! Het zijn MIJN kinderen!"

"Het zijn ónze kinderen, Amber. Ik heb net zo veel recht op ze als jij. En jij hebt nou al ruim dertien jaar voor ze gezorgd, dus dan ben ik nu wel eens aan de beurt."

"Vincent, ik vind dit helemaal..."

"Fijne avond nog, Amber. En doe vooral de groeten aan dat inbrekersvriendje van je. Ik lust hem rauw, zeg hem dat maar." Er klonk een droge klik en de verbinding werd verbroken.

Met bibberende handen legde Amber de hoorn terug op de haak en duizelig greep ze zich aan de muur vast. Ze kon zichzelf maar beter even flink knijpen, dan werd ze gewoon wakker uit deze ellendige nachtmerrie. Ze kneep keihard in haar arm. "Au!" brulde ze. "Dat doet zeer!"

"Wat ben je allemaal aan het doen, Amber? Heb je zo'n pijn in je buik? Zal ik de verloskundige bellen?"

"Oh Tom!" snikte Amber. "Vincent heeft Noortje en Reinier ingepikt. Ik ben ze kwijt! Ik ben mijn kinderen kwijt!"

"Maar meisje toch. Hoe kom je daar nou opeens bij? Zijn ze bij Vincent?"

"De rechter heeft ze aan Vincent toegewezen. Ze willen niet meer bij mij wonen." Amber kon opeens niet verder praten. Ze had Noortje en Reinier verloren! Na al die jaren had Vincent het eindelijk voor elkaar. En straks pakte hij haar de baby ook nog af!

"Ik vraag meester Antons om ons te helpen…" hoorde ze Tom in de verte nog zeggen en daarna werd alles zwart om haar heen.

*

Een halfuur later lag Amber op de bank in de woonkamer te huilen. Ze kon maar niet geloven dat Noortje en Reinier zo helemaal onverwacht voor Vincent hadden gekozen.

Het telefoontje dat Tom met meester Antons had gevoerd, bood geen enkele hoop. Het was wáár wat Vincent zei. Kinderen mochten vanaf een leeftijd van twaalf jaar zelf kiezen of ze bij hun vader of bij hun moeder wilden wonen.

Zo was dat in de wet geregeld.

En nu officieel was vastgesteld dat Vincent ook de vader van Michel was, zat het er dik in dat hij ook op dat gebied voor de nodige problemen zou gaan zorgen. Meester Antons kon nou wel beweren dat daar geen enkele wettelijke grond voor was, maar Vincent zou wel weer een gaatje weten te vinden.

"Wij kunnen officieel niks doen, Amber. Maar ik ken genoeg mensen… Misschien kan ik iets regelen."

"Iets regelen? Wat dan?"

"We zouden ze kunnen ontvoeren en een poosje onderduiken. Dan praten we met ze en…"

"Maar Tom, hoe stel je je dat nou voor? Ze willen mij niet meer. Ik heb afgedaan als moeder." De tranen liepen met kleine straaltjes over Ambers wangen.

"Het komt heus wel goed. Rustig nou maar. We verzinnen er wel wat op."

"Maar wat dan?" gilde Amber overstuur. "Ik wil mijn kinderen terug! Maar ze willen mij niet meer zien!"

"Natuurlijk wel. Misschien heeft Vincent ze wel gedwongen. Of hij heeft ze een spannend cadeau beloofd…"

"Ja, en dan ruilen ze hun moeder in voor een nieuwe Nintendo," snufte Amber. "Geloof je dat nou echt?"

"Nou ja, ik…"

"Ze houden niet meer van mij. Ik ben een waardeloze moeder voor ze geweest. Straks haalt hij de baby ook nog op. Dan ben ik helemaal alleen!"

Tom nam Amber in zijn armen en wiegde haar alsof ze een peutertje was.

"Ik denk dat ze beter een poosje naar bed kan," zei zuster Speelman op de drempel. "Een poosje slapen zal haar goed doen."

"Ik wil niet slapen!" gilde Amber.

"Tuurlijk wel," zei Tom. Hij tilde haar op, droeg haar naar boven en legde haar met kleren en al op bed.

Zuster Speelman sloop op haar tenen de kamer in. "U krijgt van mij een klein prikje en dan komt het allemaal in orde."

Amber wilde natuurlijk geen prikje, maar voordat ze het besefte, had zuster Speelman de daad al bij het woord gevoegd.

Daarna duurde het niet lang of Amber zakte weg in een droomloze slaap.

*

Twee weken later liep Amber met de kinderwagen over de Koninginnelaan. De kraambloeding was eindelijk definitief gestopt, maar toch voelde ze zich ellendig. Sinds die dramatische middag had ze Noortje en Reinier niet meer gezien en ook niet meer gesproken. Iedere keer als ze opbelde, kreeg ze te horen dat de 'jongelui' net even iets anders aan het doen waren.

"Wat een lief baby'tje," hoorde ze onverwacht een stem achter zich zeggen. "Dat zult u wel erg gaan missen als zijn vader hem straks opeist."

Amber schrok ontzettend en bleef abrupt staan.

Dat was notaris Anfering!

En die man had haar nog nooit een leuk bericht gebracht.

Langzaam draaide ze zich om. "Wat moet u van me?" vroeg ze op een agressief toontje.

"Nou, nou, mevrouw Wilkens," reageerde notaris Anfering verontwaardigd. "Doet u maar niet zo onnozel. U weet best wat ik van u wil."

"Ik heb geen flauw idee," bitste Amber. "En tijd heb ik ook niet. Goedemiddag." Ze greep de stang van de kinderwagen weer stevig beet en liep met vinnige passen weg.

Maar de notaris kwam haar op een holletje achterna. "Ik heb een voorstel voor u."

Amber ging wat sneller lopen. "Daar heb ik totaal geen belangstelling voor. Tot ziens."

"Als u uw huis aan *Real Estate Services De Vossenberg b.v.* verkoopt," hijgde de notaris, "dan mag u de baby houden."

"Wat?"

"U hoort me wel. En het aanbod voor de miljonairsvilla met de leuke korting geldt ook nog steeds."

"Ik ben echt niet van plan om het levenswerk van tante Wies te verkopen, notaris," snauwde Amber. "En ik zal de actiegroep *Red de Jachthuislaan* een berichtje sturen dat u me probeert te chanteren."

"Chanteren? Maar mevrouwtje toch. Dat wordt uw woord tegen het mijne. Ik doe u alleen maar een zeer aantrekkelijk voorstel, waar we allebei baat bij hebben."

"Nou, daar heb ik geen belangstelling voor. Ik wens u verder nog een fijne dag." Amber liep haastig door.

"Begrijp ik nou goed dat u Noortje en Reinier ook nooit meer wilt zien?" riep de notaris haar na.

"Hoezo nooit meer?" brulde Amber boos. "Ik heb recht op een bezoekregeling. Daar is mijn advocaat mee bezig."

Anfering had haar alweer ingehaald. "Die slappe Antons? Geloof maar niet dat die nog wat voor u kan betekenen, mevrouw."

"Nou, daar komt u nog wel achter," bitste Amber. Ze was op de stoep voor *Hemerling Fournituren* aangekomen en duwde de winkeldeur haastig open. "Elsje!" riep ze. "Kun je even helpen?

Ik word lastiggevallen door een rare vent."

Elsje kwam in ijltempo aanrennen en een paar tellen later zag Amber ook Tom aankomen.

Hij schoot Elsje soepel voorbij en sprong beschermend tussen Amber en de notaris in. "Ga maar naar binnen, meisje. Ik zal die zijden zak wel even vertellen dat we niet van zijn praatjes gediend zijn."

Vanuit haar ooghoeken zag Amber dat notaris Anfering een gemaakt lachje op zijn gezicht toverde en tegelijker bewoog hij zich zo onopvallend mogelijk een stukje naar achteren. "Ik heb niets kwaads in de zin," sprak Anfering op een verontwaardigd toontje. "Ik ben alleen de boodschapper maar."

"Ik verbied u om Amber ooit nog lastig te vallen," zei Tom dreigend. "Anders sta ik niet voor de gevolgen in."

"U moet niet gaan dreigen," prevelde Anfering terwijl hij schielijk nog een paar stappen naar achteren zette. "Dan zorg ik er namelijk voor dat u binnen de kortste keren weer in de cel zit."

"Helemaal prima," verklaarde Tom. "Dan zal ik meteen maar even spijkers met koppen slaan." En hij begon demonstratief zijn mouwen op te stropen.

Dat was te veel voor de anders zo geharde notaris. Hij draaide zich abrupt om en spurtte er zo snel als hij kon vandoor.

"Mietje!" riep Tom treiterig, maar de notaris deed net of hij dat niet meer hoorde.

Ze zagen hem een eind verderop in zijn auto springen en weg sjezen.

"Opgeruimd staat netjes," zei Tom. "Eigenlijk heb ik spijt dat ik hem geen klap verkocht heb."

"Laat je door die vent maar niet provoceren, Tom," waarschuwde Elsje. "Hij deugt voor geen meter."

"Vertel mij wat," bromde Tom.

"Meester Antons zit ook achter hem aan," zei Elsje en ze keek naar Amber. "Kwam Anfering weer zeuren dat je de wolwinkel moet verkopen?"

"Ja, anders zie ik mijn kinderen helemaal nooit meer terug." Amber beet op haar lip. "En de baby ook niet."

"Pure chantage," knikte Elsje. "Mijn buurvrouw heeft zo'n kleerkast op haar stoep gehad. Van die firma, weet je wel? Jonassen en nog wat."

"Felix en Jonassen?" vroeg Amber verbaasd. "Bestaan die dan nog?"

"En óf die sukkels nog in beeld zijn," bromde Tom. "Ze lopen als een soort kleefpleisters achter Noortje en Reinier aan. Daardoor kan ik weinig beginnen, anders had je de kinders allang weer thuis gehad."

"En dan?" zei Amber fel. "Ze hebben toch voor Vincent gekozen? Dus dan lopen ze zo weer weg."

"Welnee," antwoordde Tom. "Die kinderen zijn dol op jou. Die willen dit helemaal niet."

Amber slikte. "Ik verlang zo naar ze," prevelde ze kleintjes.

"Het lukt meester Antons heus wel om het te regelen," zei Elsje bemoedigend. "Je moet gewoon nog even geduld hebben."

"Geduld?" snufte Amber. "Tot ik tachtig ben of zo? Dat ze me dan in het bejaardencentrum eindelijk weer eens komen opzoeken?" Ze voelde een traan langs haar wang sijpelen en veegde die haastig weg met de rug van haar hand. Maar dat hielp niet veel, want het bleef niet bij één traan. Terwijl ze een tissue uit de zak van haar kleurige blazertje viste, ging haar mobieltje af.

Amber haalde zo discreet mogelijk haar neus op en nam op.

"Met Amber."

"Hé zusje van me. Hoe is-t-ie?" brulde Jade in haar oor.

"Geweldig," jokte Amber.

"Sta je te huilen?"

"Nee, het is al weer over. Het werd me even te veel."

"Meester Antons is ermee bezig, Amber. En nog een heleboel andere mensen ook. Heb nou maar gewoon een beetje vertrouwen."

"Ja, dat probeerden Tom en Elsje me ook al wijs te maken. En daarom moest ik huilen. Omdat het allemaal zo zinloos is." Amber pakte een schone tissue en snoot haar neus.

"Oké, ik snap het best, maar als je nou depressief gaat zitten doen, schiet je ook geen meter op. Het is ons de vorige keer ook gelukt om Noortje en Reinier weer bij je terug te krijgen, dus het is nu alleen maar een kwestie van even geduld. Zeker weten!"

"De vorige keer was anders, Jade. Toen wilden ze maar al te graag naar huis, maar nu niet." Ambers stem werd opeens heel schor. "Ik heb als moeder helemaal afgedaan."

"Maak je nou niet zo dik. Het komt heus wel goed."

"Je hebt makkelijk praten, Jade. Het zijn jouw kinderen niet."

"Nee, dat klopt, maar daarom hou ik nog wel van ze. Hé, het gaat mij ook niet in de koude kleren zitten, maar… Nou ja… Waar ik voor bel… Nou ja, laat ook maar. Je hebt al genoeg aan je hoofd."

"Wat is er dan?"

"Ik ga zo met de KL 1063 naar Cardiff, maar overmorgen ben ik weer terug en dan wil ik even bij onze verloren opa op bezoek."

"Onze wat?"

"Onze opa, Amber. De vader van pap. Tante Frieda heeft gebeld dat hij er erg slecht aan toe is en of wij zo snel mogelijk willen komen, anders hoeft het niet meer."

"Ik ben die hele opa glad vergeten," bekende Amber. "Mijn hoofd staat er nou ook totaal niet naar."

"Snap ik. Dan ga ik wel alleen."

"Je wilt er echt heen gaan? Maar je zei zelf steeds dat die mensen zich nul komma noppes van ons hebben aangetrokken, dus dat wij absoluut nergens toe verplicht zijn."

"Klopt, maar ik... Ja, ik begrijp het zelf eigenlijk ook niet, maar die man is er nu nog. En straks krijg ik er vast spijt van."

"Als je niet zou gaan, bedoel je?"

"Yep, ik ken mezelf. Ik ben nieuwgierig naar die man. Ik bedoel, hij heeft het ook aan zijn nieren en zo."

"Hoor eens, Jade, met jouw nieren gaat het momenteel prima. Dus dan is het alleen maar stom als jij je bij die opa gaat zitten inbeelden wat er bij jou in de toekomst allemaal mis kan gaan."

"Nee, dat is het niet. Die man is het laatste beetje familie dat we nog hebben en... Nou ja, ik wil hem gewoon een keer ontmoeten."

Amber knikte langzaam. "Als je het zo ziet... Oké, dan ga ik wel mee."

"Je moet niks tegen je zin doen, Amber."

"Het is niet tegen mijn zin. Ik doe het voor jou."

"Hartstikke lief van je. Dan haal ik je overmorgen op. Spreek je."

Er klonk een korte tik en de verbinding werd verbroken.

Amber stopte haar mobieltje terug in haar zak.

"Wat hoorde ik daar over een opa?" vroeg Tom.

"Oh, dat heb ik je nog helemaal niet verteld. Jade en ik blijken nog een opa te hebben. Leg ik je zo boven wel uit."

"Oké," zei Tom. "Als jij dan aan zuster Speelman vraagt of ze koffie kan zetten, verschoon ik ondertussen de kleine."

"Goed plan." Amber knikte. "Wil jij zo ook koffie, Elsje?"

"Graag," zei Elsje vrolijk. "Ik ben best toe aan een lekker bakje."

*

Het was behoorlijk warm in het kantoor van *Psyquin Interactieve Zelfhulp* en Amber had flink spijt dat ze zo'n dik mantelpakje had aangetrokken. Of kwam het helemaal niet van haar kleren, maar kreeg ze het van Floris zo benauwd?

Ze zaten namelijk heel dicht naast elkaar achter de computer en telkens als Floris op het beeldscherm iets aanwees, streelde de mouw van zijn driedelige maatpak langs haar pols. En daardoor kreeg ze ook nog allerlei rare kriebeltjes in haar buik.

Het was best raar. Ze hield heel veel van Tom, maar ze vond Floris ook zo leuk!

Kwam dat nou omdat ze met Tom nooit over haar vakgebied kon praten? Tom wist niks van psychologie. Maar Floris en zij hadden dezelfde opleiding gedaan, ze kenden dezelfde grapjes en het was heerlijk om met hem nog even lekker over die irritante professor Diepenbrock te kunnen roddelen.

En Floris vond haar ook leuk. Dat had hij amper tien minuten geleden nog tegen haar gezegd.

"Hé Amber, zit je te dromen?"

Amber schoot rechtop. "Ja, ik geloof het wel. Sorry. Wat, eh... wat zei je precies?"

"Ik zei dat er nog altijd een beetje een taboe op psychische hulp zit," legde Floris geduldig uit. "Mensen denken toch vaak dat er een steekje aan je los is als je naar een psycholoog gaat."

Amber knikte. "Ja, dan is er best een drempel als je daarvoor naar zo'n gezondheidscentrum moet. Krijgen ze toch het gevoel dat ze met koeien van letters *knettergek* op hun voorhoofd hebben staan."

"Mensen zijn vaak ook ontzettend bang dat ze daar in de wachtkamer toevallig een bekende tegenkomen. Dat vinden ze natuurlijk helemaal iets om je dood voor te schamen."

"En dan liggen ze de hele nacht te piekeren hoe ze dat moeten voorkomen," knikte Amber.

Floris grinnikte. "Dus dan is psychische hulp per computer ideaal. Je hoeft er de deur niet voor uit en niemand hoeft er iets van te weten."

"En een ander voordeel is natuurlijk dat je die cursus in je eigen tijd kunt volgen. Als de baby slaapt of de kinderen zitten op school."

"Het is ook nog veel goedkoper," vulde Floris aan. "Als je echt naar een psycholoog moet, betaal je je scheel en het wordt tegenwoordig ook nog maar gedeeltelijk vergoed."

"Je hebt mij al helemaal overtuigd, hoor," lachte Amber. "Ik wil hier heel graag aan meewerken. Lijkt me hartstikke leuk om zo'n module te ontwerpen."

"Fijn," zei Floris en hij draaide zijn hoofd naar haar toe. "Ik, eh… ik val in herhaling, maar… het lijkt me echt heerlijk om met jou samen te werken, Amber. Ik heb je gigantisch gemist, weet je dat?"

"Ik jou eigenlijk ook wel," bekende Amber. "Maar ik woon nu samen met Tom. Het is behoorlijk serieus tussen ons."

"Tom is toch die moordenaar die ze net weer hebben vrijgelaten?"

"Tom is absoluut geen moordenaar," reageerde Amber fel. "Mijn ex heeft hem er ingeluisd. Hij was die hele nacht bij mij."

Floris kuchte. "Waar rook is, is vuur. Hij heeft toch ook heel wat keren ingebroken?"

"Dat was allemaal vroeger," antwoordde Amber. "Hij heeft nou een leuke vaste baan."

"Volgens mij hád hij een leuke vaste baan. Toen hij de cel indraaide, hebben ze hem ontslagen."

Amber keek Floris verbaasd aan. "Is Tom ontslagen? Daar weet ik niks van."

"Hij werkte toch bij Iris Verzekeringen? Als accountmanager?"

"Ja, dat klopt."

"Nou, ik ken een collega van hem en die zegt dat ze Tom meteen na dat bericht de laan uitgestuurd hebben."

"Oh…" bromde Amber. Waarom had Tom daar niks over verteld? Sterker nog, hij was vanmorgen gewoon op zijn vaste tijd vertrokken.

Naar zijn werk.

Dat had hij tenminste gezegd.

Floris sloeg onverwacht zijn arm om haar schouders en trok haar dicht tegen zich aan. "Kom nou, Amber. Wat moet je met zo'n tuchthuisboef? Zo'n mooie vrouw als jij kan wel wat anders krijgen, toch?"

Ze draaide haar hoofd naar hem toe.

Floris glimlachte. "Ik heb ontzettende zin om je te kussen."

"Ja, dat lijkt mij eigenlijk ook wel wat, maar…"

"Wat kan jou die crimineel nou schelen? Die zit binnen de kortste keren weer in de cel." Voor Amber het besefte, boog Floris zich naar haar toe en kuste haar.

Amber liet hem even begaan, maar beantwoordde zijn kus niet.

Dit kon zo niet. Voor ze Floris terug kon kussen, moest ze eerst besluiten wie ze wilde.

Floris of Tom?

Tom of Floris.

Floris stopte met kussen en leunde achterover. "Wat is er, Amber?" vroeg hij. "Vind je het niet fijn?"

"Ik, eh… Dit is mijn stijl niet, Floris. Ik moet het eerst uitmaken met Tom."

Of niet natuurlijk. Tom was toch ook lief?

Floris keek haar vol begrip aan. "Ik snap dat wel, Amber. Maak eerst maar schoon schip."

"Oké, bedankt dat je het begrijpt," prevelde Amber. Of deed Floris maar alsof? Had hij nu zijn professionele psychologen-ge-

177

zicht opgezet dat hij altijd voor klagende vrouwtjes gebruikte?

Floris draaide zich van haar af en wees op het beeldscherm van de computer. "Zullen we dan maar gewoon verder gaan met de module? Dan laat ik je even zien hoe je in het systeem komt. En dan maak ik gelijk voor jou een wachtwoord aan. Dat kun je dan thuis op je computer gebruiken om in te loggen."

"Oké ja, doe dat maar," mompelde Amber.

Floris trok het toetsenbord naar zich toe en legde al typend uit wat hij aan het doen was. Af en toe keek hij even opzij om te controleren of Amber het allemaal kon volgen. Dan lachte Amber vrolijk en knikte, maar in werkelijkheid had ze haar hoofd er totaal niet bij.

Waarom voelde ze zich opeens weer zo tot Floris aangetrokken? Of zat ze zich dat alleen maar in te beelden?

Hè verdraaid, misschien moest ze zelf maar eens een module 'weg met die besluiteloosheid' gaan volgen. Zo moeilijk kon het toch niet zijn om ook eens snel een beslissing te nemen?

Snel?

Maar dat was toch ook onzin? Als je moest kiezen tussen twee mannen, dan moest je daar toch heus de tijd voor nemen. Want als ze voor Floris koos, zou haar leven er totaal anders gaan uitzien dan wanneer ze bij Tom bleef.

Maar moest ze eigenlijk wel kiezen? Ze had het toch goed met Tom? Dat kon ze toch niet op het spel gaan zetten voor een flirt met Floris?

Een flirt met Floris? Welnee, Floris was een hartstikke serieuze vent. Hij wilde vast met haar trouwen en dan kreeg je toch een plaatje waar Tom absoluut niet meer in paste…

"Luister je eigenlijk wel, Amber?" vroeg Floris verstoord.

Amber sloeg rood uit en schudde haar hoofd. "Nee, sorry. Ik, eh…"

De deur zwaaide open en Carolien Zwanenburg verscheen op de drempel. "Floris, kun je heel even meekomen? Mijn computer doet raar. En nou weet ik niet zeker of ik daar de systeembeheerder voor moet bellen."

Floris schoof zijn stoel naar achteren. "Ik kijk wel even voor je." Hij wees in de richting van het pruttelende koffiezetapparaat. "Als jij dan ondertussen een bakje koffie inschenkt?"

Amber stond op. "Goed plan," knikte ze. "Dan word ik misschien weer een beetje wakker."

"Het is hier best een beetje benauwd," vond Carolien. "Daar heb ik in mijn kantoor ook al last van. Ik zal de airco zo wat hoger zetten."

Terwijl Floris haastig achter Carolien aan de kamer uit liep, schonk Amber voor zichzelf een grote mok koffie in en nam nadenkend een slok.

Lekker!

Niet dat het tegen dat duffe gepieker van haar hielp, maar het was toch even een opkikkertje.

Op het bureau hoorde ze opeens haar mobieltje piepen. Ze stapte er haastig op af en pakte het toestelletje op.

Amanda.

Amanda? Kende zij een Amanda?

Ach verhip, dit was haar telefoon helemaal niet, maar die van

Floris.

Zou ze…

Nee, natuurlijk niet, dit was de mobiel van Floris. Zij had er geen biet mee te maken wie hem belde. Al telefoneerden er tien Amanda's achter elkaar.

Aan de andere kant… als zij echt iets met Floris wilde, dan hoefden ze ook geen geheimen voor elkaar te hebben.

Het mobieltje hield op met piepen en Amber besefte dat ze door haar duffe geaarzel het moment weer eens voorbij had laten gaan. Zoals ze altijd deed…

Ze legde het toestelletje weer netjes op zijn plek en nam nadenkend een slok koffie. Hè verdraaid, als ze nou wat sneller was geweest, had ze zich niet de rest van de dag af hoeven te vragen wie die Amanda was.

'Ting, ting… Ting, ting.'

De mobiel! Er was vast een bericht!

Als dat die Amanda was…

Ze pakte het mobieltje razendsnel op en zag op het display de verheugende mededeling verschijnen dat er een sms'je was binnengekomen.

Voor Amber zichzelf tot de orde kon roepen, klikte ze het bericht aan.

Lief beertje van me. Evelien krijgt een zusje. Ik ben zwanger! XXX Je konijntje.

Met samengeknepen ogen staarde Amber naar het bericht.

Evelien kreeg een zusje?

Evelien? Waar had ze die naam eerder...

Verdraaid, de dochter van Floris heette Evelien! En als die een zusje kreeg...

"Wat sta jij daar nou met mijn mobiel?" hoorde ze Floris opeens achter zich zeggen.

Amber draaide zich om. "Sorry, ik dacht dat het die van mij was. Ze maken hetzelfde geluid."

"Oké," reageerde Floris luchtig. "Kan gebeuren." Hij pakte de telefoon van Amber aan. Ze zag zijn ogen over het geopende bericht glijden en daarna blij oplichten.

"Je konijntje is zwanger," zei Amber langzaam.

Floris knikte, maar gaf verder geen commentaar.

"Dus je hebt weer een relatie?" drong Amber aan.

"Nee hoor, dat was gewoon een uit de hand gelopen vrijpartij met mijn ex. Niks bijzonders."

Amber staarde hem aan. "Niks bijzonders? Ze is zwanger!"

Floris haalde zijn schouders op. "Dat is mijn schuld toch niet? Ik dacht dat ze aan de pil was."

"Maar uit dat bericht maak ik op dat jullie... Ik bedoel, als jullie elkaar al *konijntje* en *beertje* noemen..."

"Dat is haar versie," verklaarde Floris. "Bij mij zit het niet zo diep."

"Maar ze is wél in verwachting geraakt. Van jouw kind."

Floris schudde wat meewarig zijn hoofd. "Ik begrijp eigenlijk niet waarom je zo'n toestand maakt, Amber. Je kust mij toch ook, terwijl je nog met Tom bent?"

Amber wist niet wat ze moest terugzeggen en keek Floris wat onzeker aan.

Floris grinnikte en pakte haar hand. "Nou kunnen we drie dingen doen."

"Is dat zo?"

"Yep, we kunnen de boel laten zoals het nu is. Jij blijft bij Tom, ik zorg voor Amanda en wij zijn gewoon collega's." Hij stopte even met praten en staarde nadenkend naar de bloeiende rozenstruik die aan de andere kant van het raam zachtjes heen en weer wiegde in de wind. "Of wij beginnen samen een relatie en zorgen dat Amanda en Tom daar never nooit niet achter komen."

Amber maakte een raar geluid. "Overspel bedoel je? Dat gaat toch niet werken? Dat soort dingen zorgt voor een hoop stress en het is alleen maar een kwestie van tijd voor we door de mand vallen."

"Welnee. Wie komt daar nou achter? We hebben hier alle ruimte. Carolien is vaak genoeg weg."

Amber schudde heftig met haar hoofd. Waar was Floris eigenlijk mee bezig? Stond hij daar nou echt willens en wetens uit te rekenen hoe hij zijn zwangere vrouw kon beduvelen?

Nou ja, misschien was die Amanda officieel zijn vrouw niet, maar ze was wél in verwachting, dus dat kwam op hetzelfde neer.

"Dat is mijn stijl niet, Floris. Je zou toch moeten weten dat ik daar het type niet voor ben. Om mijn eigen vent te bedriegen, bedoel ik."

Floris pakte haar hand nog veel steviger beet en trok haar langzaam naar zich toe. "Dat weet ik best, meisje. Daarom vind ik dat we voor de derde optie moeten gaan."

"De derde optie?"

"Yep. Wij maken gewoon allebei onze versleten relaties uit en beginnen samen opnieuw."

Amber staarde Floris aan. "Hè? Bedoel je…"

Floris pakte haar voorzichtig bij haar kin en keek haar diep in haar ogen. "Ik wil met je trouwen, Amber. En dan worden we samen eindelijk gelukkig."

HOOFDSTUK 8

"Wat zeg me nou?" brulde Jade opgewonden. "Heeft Floris je ten huwelijk gevraagd?"

Ze waren in Jades auto op weg naar tante Frieda en Amber had haar zus net het hele verhaal over Floris verteld. Nou ja, nog niet het hele verhaal. Amanda had ze voor het gemak nog maar even weggelaten.

"Je gaat het toch wel doen, hè?" praatte Jade door. "Jij en Floris passen hartstikke goed bij elkaar." Ze remde af en parkeerde de auto plompverloren tegen de stoeprand. "Ik kan niet rijden en praten tegelijk," verklaarde ze ongevraagd. "Nou, vertel op, je hebt toch wel ja tegen hem gezegd?"

Amber haalde haar schouders op. "Nee, eh.."

"Nee? Amber! Heb je hem afgewezen?" Jade keek Amber scherp aan. "Oh nee, natuurlijk niet. Je weet het nog niet en ik moet je overtuigen. Nou, bij dezen dan maar. Ga maar zo gauw mogelijk met Floris trouwen, dan heb je ook weer meer kans dat Noortje en Reinier bij je terugkomen."

Bij die mogelijkheid had Amber nog totaal niet stilgestaan. "Maar als ik nou met Tom zou trouwen, dan geldt dat toch ook?"

"Welnee!" brulde Jade. "Tom heeft een strafblad. Dat ziet de rechter echt niet als een gezond gezin voor opgroeiende pubers. Nee, je gaat voor Floris en dan komt het allemaal weer goed."

"Maar weet je, Jade… Floris zijn ex is zwanger."

"Ja, én?"

"Van Floris."

"Heeft Floris dan nog wat met die ex?" Jade tikte tegen haar voorhoofd. "Stomme vraag natuurlijk. Als ze zwanger van hem is… Shit zeg, dat is wel even een complicatie."

"Dat vind ik nou ook," bekende Amber. "Ik ben vroeger heel erg verliefd op Floris geweest. Als Vincent toen niet opeens teruggekomen was, had het best wat tussen ons kunnen worden. Maar nou weet ik het écht niet."

"Een hele verrassing," bromde Jade cynisch.

"Wat is een verrassing?"

"Dat jij het niet weet. Wat weet je eigenlijk ooit wél?"

"Nou ja, ik denk…"

Jade schudde haar hoofd. "Nou nee, zul je bedoelen. Je bent zo ontzettend besluiteloos, Amber. Het is gewoon irritant."

"Alsof jij zo flitsend bent. Jij liep je weken zorgen te maken over je nieren omdat je niet naar de dokter durfde."

"Ho, ho," zei Jade. "Ik had het BESLUIT genomen om niet meer te gaan. Dat is heel wat anders."

"En ik heb het besluit genomen dat ik er nog even over na wil denken," reageerde Amber gevat. "Dus dat komt op hetzelfde neer."

Jade keek Amber even hoofdschuddend aan en draaide haar ogen daarna naar de voorruit. "Sorry Amber, met dit gekissebis komen we ook niet verder. Het is jouw leven en… Hé! Kijk nou! Daar fietst Noortje."

Zonder te kijken, gooide Jade het autoportier wijd open. Een tel later voelden ze een enorme bonk, die werd gevolgd door een gesmoorde schreeuw en een doffe klap.

185

"Oh nee!" riep Jade ontzet. "Er is iemand tegen het portier gereden." Ze was met één sprong de auto uit en rende naar de stille figuur die een eindje verderop naast een verkreukelde fiets lag.

Ook Amber maakte dat ze uit de auto kwam en spurtte op het slachtoffer af. "Maar dat is Jonassen!" Amber sloeg haar hand verschrikt voor haar mond. "Of Felix natuurlijk, maar in elk geval is het één van die ellendige beveiligers van Vincent." Haar ogen flitsten over de weg en zo'n vijftig meter verder zag ze bij de hoek opeens Noortje staan.

"Noortje!" riep ze. "Noortje!" Ze racete – zo goed en zo kwaad als dat op haar torenhoge hakken ging – naar Noortje toe, maar die wachtte de komst van haar aanstormende moeder niet af. Ze sprong op haar fiets en sjeesde de zijstraat in.

Toen Amber eindelijk bij de hoek kwam, was Noortje al in geen velden of wegen meer te bekennen. De tranen sprongen haar in de ogen en er kwam een ontzettend leeg gevoel in haar borst. "Oh Noortje," prevelde ze. "Beteken ik dan helemaal niks meer voor je?" Heftig snuffend draaide ze zich om en strompelde terug, met ogen die wazig waren van de tranen.

Maar ze had amper tien meter afgelegd toen er met piepende remmen een auto naast haar stopte en ze hoorde Jade roepen: "Stap maar gauw in, hij is nogal kwaad."

Amber veegde met beide handen over haar ogen waardoor ze weer een helder beeld van de omgeving kreeg. Jonassen zat rechtop verdwaasd over zijn hoofd te wrijven, maar Felix kwam als een dolle stier op hen afrazen.

Amber kreeg opeens haast. Ze schoot de auto in en terwijl ze het portier in ijltempo dichtsmeet, trapte Jade het gaspedaal tot op de bodem in. Met brullende motor schoot de wagen weg en Amber kwakte onzacht tegen de stoelleuning.

Een tel later nam Jade de bocht alsof ze aan de rally van Monte Carlo meedeed en Amber bonkte tegen het portier aan. "Als ik jou was, deed ik mijn gordel om," adviseerde Jade luchtig.

"Als ik jou was, hield ik op met racen," pareerde Amber. "Het is hier dertig."

Jade wierp een blik in de achteruitkijkspiegel en nam gas terug. "We zijn ze wel kwijt. Welke kant ging Noortje op?"

"Geen idee, ik zag haar nergens meer." Amber haalde luidruchtig haar neus op. "Sorry, dat klinkt niet fris."

Jade wees met een priemend vingertje naar het dashboardkastje. "Daar liggen zakdoekjes."

"Bedankt." Amber pakte een zakdoekje en snoot uitvoerig haar neus. "Ik moet ook steeds maar huilen," bromde ze schor.

"Dat is heel logisch, Amber. Dat zou iedereen doen in jouw geval."

"Ik wil naar huis."

"Ja, en dan stap je in je bed en je trekt de dekens helemaal over je hoofd en dan ga je liggen janken tot je ogen je hoofd uit rollen."

"Zoiets, ja," knikte Amber.

"Maar daar wordt het echt niet anders van, zusje van me. Dus wat schiet je daar nou mee op?"

"Weet ik veel. Ik moet gewoon huilen. Noortje…" Amber barstte opnieuw in snikken uit.

Jade remde af, parkeerde de auto aan de kant van de straat en sloeg haar arm om Amber heen. "Je moet niet huilen, want daar ga je aan stuk. Je moet vechten. We winnen het wel."

"Noortje fietste toch zo snel mogelijk van me weg?" snotterde Amber. "Ze houdt niet meer van me."

"Tuurlijk houdt Noortje van je. Heel erg veel, dat weet ik zeker."

"Maar waarom sjeest ze dan weg als ik haar roep?" bitste Amber fel. "Leg dat eens uit!"

"Misschien wilde ze die twee maffe beveiligers wel kwijt? Ik bedoel, wij zien Noortje fietsen en een paar tellen later komen die lummels langs gespurt."

Amber keek haar zus aan. "Noortje mag helemaal niet alleen fietsen. Straks krijgt ze midden op straat een aanval."

"Nou, misschien heeft Vincent ze daarom ingehuurd. Om daar op te letten." Jade streelde Amber over haar hoofd. "Kom op, Amber. Het komt allemaal goed."

"Jij hebt makkelijk praten, maar ik geloof er niks van."

"Weet je wat wij doen? Wij gaan eerst een bakje koffie halen, dan kun jij weer even tot rust komen en je make-up restaureren. En dan rijden we door naar tante Frieda."

"Ik wil naar huis."

"En daar blijf je dan de rest van je leven zitten kniezen, zeker? Geen sprake van! Onze opa wacht op ons."

"Maar ik…"

"Geen gezanik, Amber. Afspraak is afspraak." Jade liet haar zusje los en startte de auto.

*

Tante Frieda stond al op de stoep van het kleine rijtjeshuis naar hen uit te kijken. Ze liep met uitgestoken handen op de auto af. "Wat heerlijk dat jullie er zijn," riep ze stralend. "Ik was zo bang dat jullie je op het laatste moment toch nog bedacht hadden."

"Er was een fietser gevallen," legde Jade uit. "Dat hield even op."

"Och heden. Was hij erg gewond?"

"Nee, gelukkig niet. Volgens mij was alleen zijn ego zwaar beschadigd," antwoordde Jade, maar daar snapte tante Frieda natuurlijk niks van. "We hebben wat voor u meegebracht." Jade dook de auto weer in en kwam tevoorschijn met een langwerpig pakje dat in aluminiumfolie was gewikkeld.

Tante Frieda nam het aan en begon nog meer te stralen dan ze al deed. "Oh, ik ruik het al. Je hebt zo'n heerlijke cake voor me gebakken." Ze stapte op Jade af en voor die het kon voorkomen, had ze een hartelijke knuffel te pakken. Daarna draaide Frieda zich naar Amber om en knuffelde haar ook. "Echt lief van jullie. Ik vind het zo fijn dat jullie er zijn. Kom maar gauw mee, ik heb de koffie bruin."

Amber liep achter tante Frieda en Jade aan naar de voordeur en kwam in een haveloze smalle gang terecht, waar het erg naar gekookte snijbonen, koffie en boenwas rook.

"Doe de deur maar achter jullie dicht, hoor." Al pratend gooide Frieda aan het eind van het gangetje een verveloze houten deur open. "Va, de meisjes zijn er."

Er klonk een dof gemompel uit de kamer en terwijl Jade met kwieke passen naar binnen stapte, bleef Amber aarzelend op de drempel staan. Ze voelde zich raar. Over een paar seconden zou ze voor de allereerste keer in haar leven haar opa ontmoeten. De vader van haar gestorven vader.

Zou hij op pap lijken?

Gek eigenlijk, sinds Michel geboren was, had ze veel aan pap moeten denken. Maar als ze heel eerlijk was, wist ze niet meer goed hoe pap er had uitgezien. Ze was zo klein geweest toen hij onder die trein reed. Eigenlijk herinnerde ze zich alleen de tranen van de huilende mensen nog, maar de gezichten was ze kwijt.

"Dag opa," hoorde ze Jade opgewekt zeggen. "Wat geweldig leuk om u te ontmoeten. Hoe gaat het?"

Amber haalde diep adem om wat moed te verzamelen, maar door de vieze lucht in het gangetje werd ze daar eigenlijk een beetje misselijk van.

"Amber, waar blijf je nou?" klonk het in de kamer.

Amber trok dapper haar schouders naar achteren, stapte over de drempel en keek om zich heen. Ze was in een ouderwetse ruimte die uit twee delen bestond. Een voorkamer en een achterkamer met glazen schuifdeuren ertussen, die nu opengeschoven waren. Achterin zag ze een tafel die bedekt werd door een vale Perzische loper, met vier ongemakkelijk rechte stoelen eromheen. Tegen de muur stond een dressoir met daarop een dienblad met kopjes en een volle koffiepot.

De voorkamer was al net zo ouderwets ingericht met een ouderwets beige bankstel dat duidelijk zijn beste tijd gehad had, een lage salontafel en een grote leunstoel die met een versleten rood fluweel was bekleed. Alles in de kamer ademde de sfeer van oud en versleten. Het was hier armoe troef, dat was wel duidelijk.

In het hoekje zat een stokoude man in een rolstoel. Hij had een geblokt dekentje over zijn benen. Uit zijn linkerarm kwam een slangetje dat op een druppelend infuus was aangesloten. Zijn gezicht had nog het meeste weg van een geel verrimpeld appeltje en Amber zag hem met een broedende blik in zijn ogen naar Jade staren. Hij leek niet erg blij om haar te zien, maar misschien was dat verbeelding?

Amber toverde een vriendelijk lachje op haar gezicht, liep naar de man toe en stak haar hand uit. "Dag opa, ik ben Amber."

Het vergeelde appelgezicht draaide zich krakerig naar haar toe, maar haar uitgestoken hand werd compleet genegeerd. Of zou haar grootvader het niet meer goed kunnen zien?

Alsof hij wist wat Amber dacht, keek de oude baas haar opeens indringend aan. Amber kreeg een schok. Hij had net zulke grijze ogen als zij.

Maar veel vreugde brandde er niet in die blik.

Haat...

Lag er pure haat in die ogen?

Of stond ze zich hier weer iets in te beelden?

"Ga lekker zitten, meisjes," zei tante Frieda hartelijk. "Onze va is een man van weinig woorden. Hij hoort ook niet meer zo best, maar hij vindt het heerlijk dat jullie er zijn." Ze wees met uitbundige gebaren naar de doorgezakte bank. "Ga nou lekker zitten. Ik schenk koffie in. Willen jullie suiker en melk?" Zonder op antwoord te wachten, rende ze bedrijvig naar het dressoir en greep de koffiepot beet.

"Zwart graag," zeiden Amber en Jade tegelijk. "Zonder suiker."

"En dan doe ik er een lekker plakje cake bij," kondigde Frieda aan. "Ze hebben zelfgebakken cake meegebracht, va. Dat vind je toch altijd zo lekker?"

Maar opa zei niks terug, die zat met samengeknepen ogen naar Amber en Jade te loeren.

Het werd ongemakkelijk stil in de kleine kamer. Je hoorde alleen het zachte tikken van een ouderwetse staartklok en het druppelende geluid van het infuus.

Tante Frieda merkte het blijkbaar ook, want ze begon overdreven met de kopjes en schoteltjes te rinkelen. "Zo, kijk eens meisjes, daar heb ik de koffie." Ze zette de kopjes neer en dribbelde terug. "En de cake. Haal ik nog even een beker thee voor va. Die heeft speciale thee, voor zijn zieke nieren." Ze draafde de kamer uit, maar liet de deur wijd open staan.

"Zo opa," zei Jade zo hard mogelijk. "Wat ontzettend leuk om u te ontmoeten."

Opa's mond vertrok, maar geluid kwam er niet uit.

"We vinden het zo leuk om u te ontmoeten," riep Jade nog wat harder. "Het werd best wel tijd, vindt u ook niet?"

Amber gaf haar zus een waarschuwend porretje.

"Oh oké," fluisterde Jade. "Wat een ouwe knorrepot, zeg. Volgens mij vindt hij er niks aan dat we er zijn."

Opa snoof luidruchtig. "Ik hoor je heus wel, jongedame."

Bij Jade gingen alle stekels de lucht in. "Oh, is dat zo?" vroeg ze. "Waarom geeft u dan geen antwoord?"

"Ik praat niet met verraders," snauwde opa.

192

"Va bedoelt het niet zo, hoor," riep Frieda paniekerig vanaf de drempel. "Hij is af en toe wat in de war. Door zijn kapotte nieren, hè. Het bloed is niet meer schoon en zo. Hij moet morgen weer..."

"Ik ben helemaal niet in de war," viel opa haar luid en duidelijk in de rede, en hij keek vol haat naar zijn dochter. "Ik wil die NSB'ers niet in mijn huis, al heb je nog zoveel geld nodig! Dat heb ik jou vaak genoeg gezegd."

Frieda werd knalrood en rende op haar vader af. "Maar we moeten allemaal in vrede leven, va. Dat zegt dominee ook."

"Ik was blij dat die NSB-slet dood was!" brulde opa. "Ik ben nog steeds blij!"

Amber schoof ongemakkelijk over de ruwe stof van de bank heen en weer. Opa was blij dat die...

Maar...

Hij bedoelde toch niet...

Opa keek Amber en Jade nu recht aan. "Ik heb de vlag uitgestoken toen jullie moeder doodgereden was. Dat heb ik jullie vader duidelijk gezegd. De Nederlandse driekleur!" Er kwam een vals lichtje in zijn grijze ogen. "En toen is die sukkel zo kwaad geworden dat hij die trein niet zag." Hij barstte in een krakerig gelach uit. "Ha, ha, zo had die verrader eindelijk zijn trekken thuis. Had hij maar niet met die NSB'er moeten trouwen!"

Jade stootte Amber aan en stond op. "Dat is helemaal duidelijk, opa. Geen zorgen, hoor. We zullen u niet meer lastigvallen."

"Maar meisjes toch," riep tante Frieda. "Va bedoelt het niet zo."

"Zwijg Frieda!" brulde de oude man en daarna keek hij weer

naar Jade. "Ik hoef me door zo'n verraadster geen opa te laten noemen!"

"En wij hoeven ons door de moordenaar van onze vader niet te laten uitschelden," zei Jade op haar professionele stewardessentoontje en ze trok Amber mee naar de deur.

"Moordenaar?" brulde opa overspannen. "Hoe durf je mij te beschuldigen!"

"Laten we het nou gezellig houden," smeekte Frieda intussen. "Iemand nog een plakje cake?"

"Als ik u was, ging ik eens met uw vader naar een psychiater, tante," zei Jade rustig. "Hij spoort echt niet."

"Maar dat komt van zijn nieren! Begrijp dat nou toch. Hij is in de war."

"Hoe dúrf je te zeggen dat ik in de war ben!" brulde opa. "Er mankeert mij niks."

Jade trok Amber mee de gang in. "Kom zus, we gaan naar huis."

"Maar alsjeblieft, meisjes! Begrijp het dan toch!" riep Frieda smekend. Ze schoot langs Amber en Jade heen en ging breeduit voor de voordeur staan.

"Oranje Boven!" hoorden ze opa in de kamer brullen.

Jade bleef staan en trok haar wenkbrauwen op. "Wij begrijpen het maar al te goed, tante. U wilt geld van ons. Daar was uw vader heel duidelijk over."

"Maar het water staat me tot de lippen! Va heeft vierentwintig uur per dag verzorging nodig! Dat kan ik niet opbrengen."

"Dat is ons probleem toch niet?" zei Jade schamper. "U hebt ons in het verleden ook aan ons lot overgelaten."

Tante Frieda barstte in tranen uit. "Maar begrijp het dan toch, alsjeblieft. Va is al jaren zo en ons moeder zorgde voor hem. Maar nu is ze dood en ik... ik kan het niet aan! Ik ga eraan kapot!"

"Oranje Boven!"

Jade sloeg haar armen over elkaar. "Daar hebben we in Nederland nou verpleeghuizen voor, tante. Daar kan hij zo terecht. En dan steken ze op Koninginnedag vast de vlag wel uit. Kan hij daar fijn van de Nederlandse driekleur genieten."

"Maar ik kan va toch niet zijn huis uitslepen? Dat wil hij niet! En je weet toch zelf ook hoe dat daar gaat? Ze mogen één keer per maand douchen en de rest van de tijd liggen ze in hun eigen poep weg te rotten!"

"Dat is allemaal heel sneu, tante. Maar daarvoor moet u toch heus bij de regering zijn." Jade haalde diep adem en Amber zag haar ogen verontwaardigd fonkelen. "Die man gaat er prat op dat hij onze pap de dood heeft ingejaagd! Hij viert feest omdat onze moeder verongelukt is. Denkt u nou heus dat wij hem willen helpen?"

"Oranje Boven!"

"Maar dat is een onzinverhaal! Dat zuigt hij ter plekke uit zijn duim!"

"Hij gelooft er zelf heilig in, dat is wel duidelijk. Dus ik..."

"Maar va vraagt toch niet om hulp? Ik vraag het. Ik heb hulp nodig."

"Dan zou ik het zorgloket van de gemeente maar eens bellen, tante. Daar kunnen ze u vast wel verder helpen," bitste Jade. "En kunnen we er nu even door? Wij gaan naar huis."

"Maar help me dan toch! Jullie zijn steenrijk en ik heb niks."

Jade draaide zich resoluut om, pakte Ambers hand weer beet en liep naar de keuken. "Ze hebben hier vast wel een achterdeur. Kom op, Am."

Terwijl ze de keukendeur uit draafden, hoorden ze hun opa in de verte nog schreeuwen: "Opgeruimd staat netjes!"

Ze haastten zich via het verzakte tuinhek het erf af en tussen scheve verveloze schuttingen door volgden ze een smal, door onkruid overwoekerd achterpaadje tot ze aan het einde van het huizenblok kwamen. Vandaar liepen ze terug naar de straat.

"Tante Frieda staat bij de auto op wacht," bromde Jade. "Wat moeten we daar nou weer mee?"

"Van haar kant kan ik het wel begrijpen," zei Amber langzaam. "Ze zit om geld te springen. Het is daar allemaal vervallen en versleten."

"Daar hoef ik toch niet financieel voor op te draaien? Zeker niet na deze ontvangst."

"Die opa is psychisch niet in orde, Jade. Daar hoef je geen psycholoog voor te zijn om dat te kunnen vaststellen. Hij leeft compleet in het verleden. Een vergevorderd geval van Alzheimer als je het mij vraagt."

"Hij is vals," zei Jade. "Als hij echt heeft staan lachen toen mam verongelukte en pap is daardoor in blinde woede onder die trein gereden…"

"Dat kan best allemaal fantasie zijn. Dementerenden verzinnen hun eigen verhalen en daar houden ze zich dan als een reddingsboei aan vast."

"Dat kan allemaal wel zo zijn, maar wat moet ik daarmee? Sinds we zoveel geld geërfd hebben, weet iedereen me te vinden. Ik krijg soms wel twintig bedelbrieven op een dag. Allemaal even zielig." Jade snoof en wierp een boze blik op Frieda die als één brok ellende eenzaam op de stoep voor het vervallen huis stond. "Laat dat mens het lekker zelf uitzoeken."

Amber schudde langzaam haar hoofd. Frieda zag er zo verlaten en hulpeloos uit. "Ze is wel familie. Ik heb best medelijden met haar." Jade sloeg haar armen demonstratief over elkaar. "Ach, hou nou even op, zeg. Dat mens heeft zich nooit ook maar iets van ons aangetrokken."

"Dat heeft ze uitgelegd, Jade."

"Uitgelegd? Wij waren amper zeven toen we onze ouders verloren! Alle twee op één en dezelfde dag! Maar met ons had niemand een spat medelijden. Als tante Wies er niet was geweest, waren wij elkaar ook nog kwijtgeraakt."

Amber beet op haar lip. "Je hebt helemaal gelijk, Jade. Maar ik vind haar toch zielig."

"Nou, ik niet. Ze vond mij ook niet zielig." Jade haalde haar mobieltje tevoorschijn. "Ik bel even een taxi, dan laat ik die auto straks wel ophalen door een bodybuilder van de sportclub." Ze keek Amber fanatiek aan. "En als jij hier nog gezellig *schattig nichtje en tante* of *lieve opa en kleindochter* wilt spelen, dan ga jij je gang maar. Ik ben hier weg."

*

"Weet je waar ik nou zo gigantisch van baal?" vroeg Jade.

Amber en Jade stonden samen op de stoep voor de wolwinkel van tante Wies en Jade keek de wegrijdende taxi met een zure blik in haar ogen na.

"Dat de taxi zo duur was?" antwoordde Amber. "Of vind je het niet leuk dat het bezoek aan tante Frieda zo'n puinhoop geworden is?"

"Ik baal dat ik die cake niet meer mee teruggenomen heb. Nou gaan die lui hem zitten opeten en ik heb er ontzettende trek in."

Amber schoot in de lach. "Volgens mij heb ik boven nog een stuk staan. Als Tom hem tenminste intussen niet soldaat gemaakt heeft." Amber wees op haar auto die langs de stoep geparkeerd stond. "We kunnen ook naar Verkley rijden en lange Soesters halen. Ik las in de *Soest Nu* dat ze deze week in de aanbieding zijn."

"Daar knoei ik altijd zo mee," bromde Jade. "Ze zijn heerlijk, maar als ik een hap uit de voorkant neem, dan kloddert alle slagroom-vulling via de achterkant op mijn kleren."

"Dan moet je maar niet zo gulzig eten. Zelf heb ik daar nooit last van."

"Nee, met die muizenhapjes die jij neemt…"

"Ik moet eigenlijk erg plassen," bekende Amber. "Dus als je even wilt besluiten of je nog mee naar boven gaat…"

Jade keek op haar horloge en knikte. "Ja, ik ga mee. Peter verwacht me toch nog niet. Kunnen we nog even verder kletsen."

Ze liepen de winkel in en Amber zwaaide vrolijk naar Elsje die achterin bij de grote houten toonbank een kop koffie dronk. Op de kruk naast haar zat een meisje met rode haren dat ook enthousiast terugzwaaide.

Amber bleef staan en kneep haar ogen tot spleetjes. Dat zag ze niet goed.

Noortje?

Was dat Noortje?

Maar dat kon toch niet? Noortje was keihard weggefietst toen ze haar moeder aan zag komen...

Het meisje gleed van de kruk en stormde op Amber af. "Mama! Mama! Ik wil niet meer naar papa. En Reinier wil ook naar huis."

Amber sloeg haar armen om Noortje heen en terwijl de tranen over haar wangen gleden, drukte ze haar dochter tegen zich aan, alsof ze haar nooit meer los wilde laten.

"Oh Noortje, ik ben zo blij dat je er bent," snikte ze. "Ik heb je zo vreselijk gemist."

"Niet huilen, mama. Daar kan ik niet tegen, dat weet je best."

"Oké, ik hou er alweer mee op," snufte Amber, maar de tranen bleven natuurlijk gewoon doorstromen. "Ben je met de fiets?"

"Ja, toen ik die twee engerds eindelijk kwijt was, ben ik meteen hierheen gereden."

"Ben je daarom zo snel weg gesjeesd?"

"Ja, natuurlijk. Je dacht toch niet dat ik voor jou wegfietste? Ik moest die griezels kwijt."

Amber voelde hoe Jade haar aanstootte. "Zie je nou wel dat het niks met jou te maken had? Ik heb het je toch gezegd?"

Noortje deed een stapje achteruit en keek Amber smekend aan.

"Ik wilde nooit echt bij papa wonen, maar dat moest ik van papa tegen die rechter zeggen."

Amber keek Noortje verbaasd aan. "Maar Noortje, als ik dat geweten had, dan was ik toch met je meegegaan? Dan had je gewoon de waarheid kunnen vertellen."

"Het was een geheimpje, zei papa. Als ik het tegen je zei dan ging hij Michel van je afpakken en jij houdt zoveel van Michel." Noortje begon nu ook te huilen.

Amber trok haar dochtertje troostend tegen zich aan. "Ach kindje, heb je dat voor mij gedaan?"

Noortje knikte. "Ik wil niet meer naar papa. Papa is steeds maar boos. Hij slaat Rosalinde."

Amber veegde over haar ogen en keek haar dochter geschrokken aan. "Slaat hij Rosalinde ook? Ik dacht dat hij zo dol op haar was?"

"Papa heeft erge zorgen," snikte Noortje. "Dat zegt Rosalinde. Daar komt het van, zegt ze. Maar ik vind er niks aan. Hij schreeuwt zo hard en dan krijg ik hoofdpijn."

"Dat van die zorgen kan wel kloppen," mengde Elsje zich in het gesprek. "Onze actiegroep *Red de Jachthuislaan* zit Vincent Bering in zijn nek. Hij schijnt aan alle kanten geprobeerd te hebben om mensen om te kopen. Zelfs gemeenteraadsleden."

"Waarom verbaast mij dat nou niet?" bromde Jade en ze keek vol medelijden naar Amber.

"Niemand durft tegen hem te getuigen, dus we hebben nog geen harde bewijzen," praatte Elsje door. "Maar meester Antons is er druk mee bezig."

"Hoe eerder Vincent weer ophoepelt als burgemeester, hoe beter," verklaarde Jade resoluut. "Dan is dat ellendige bouwplan Jachtlust misschien ook van de baan." Ze zuchtte diep. "Maar ja… die vent is net onkruid. Dan steek je de vlag uit omdat je eindelijk van hem verlost bent en dan staat hij toch weer in vol ornaat te bloeien."

"Er gaan wel geruchten dat sommige beleggers vraagtekens bij Jachtlust beginnen te zetten," zei Elsje langzaam.

"En dat houdt in?" vroeg Jade.

"Als de beleggers het niet meer willen financieren, dan wordt het moeilijk voor ze," antwoordde Elsje. "Zonder geld kunnen ze niet."

"Dat klinkt hoopgevend," vond Jade.

Elsje haalde haar schouders op. "Ik reken nergens op. Voorlopig is het alleen maar geroddel. Alle kans dat het morgen weer anders is."

"Die verhalen komen toch niet bij Ida Piersma vandaan?" schrok Jade.

"Nee, ik heb het van meester Antons. Die is meestal aardig betrouwbaar."

Amber luisterde maar half. Ze was veel te druk bezig om Noortje te troosten en zelf haar neus te snuiten. "Zullen we onderhand eens naar boven gaan?" vroeg ze. "Ik moet nog steeds ontzettend nodig plassen."

"Goed plan." Jade knikte. "Ga ik de cake opzoeken. Jij zo ook een plak, Elsje?"

*

Ze waren net aan hun tweede kop koffie – met cake – begonnen, toen de huistelefoon ging.

"Laat maar lekker bellen," stelde Amber voor. "Ik heb helemaal geen zin in gezeur."

Maar even later verscheen het keurig gekapte hoofd van zuster Speelman om de hoek van de deur en zij keek Amber uitnodigend aan. "Ik heb notaris Anfering voor u aan de lijn."

"Ik ben er niet," verklaarde Amber.

Zuster Speelman keek schuldig. "Tja, eh... Hij dreigt met de politie."

"Dan neem ik hem wel even," zei Tom en hij sprong energiek van zijn stoel.

Jade schoot meteen overeind. "Laat Amber dit maar regelen, Tom. Meester Antons heeft gezegd dat je nu echt een poosje *low profile* moet blijven. En ruzie schoppen met die zak van een notaris valt daar niet onder." Al pratend keek Jade Amber aan en maakte met haar hand vegende gebaren in de richting van de deur.

Amber kwam zuchtend overeind en liep met zuster Speelman mee naar de hal. Daar haalde ze haar meest formele toontje uit de kast. "U spreekt met mevrouw Wilkens, waarmee kan ik u helpen?"

"Mevrouw Wilkens, notaris Anfering hier. Is Noortje bij u?"

"Waarom vraagt u dat?"

"Noortje is verdwenen. En dat gebeurde kort nadat de beveiligers u in de buurt gesignaleerd hadden."

"Is Noortje verdwenen?" riep Amber ontzet. "Wat hebben jullie met mijn dochter gedaan?"

"Leuk geprobeerd, mevrouw Wilkens. Maar een toneelcarrière is voor u niet weggelegd, laten we het daar maar op houden."

"Wat bedoelt u precies?"

"Ik bedoel dat ik dadelijk de politie bij u langs stuur met een huiszoekingsbevel. Als we Noortje bij u aantreffen, ziet u uw beide kinderen nooit meer terug, dat kan ik u verzekeren."

"Die grootspraak moet u nog maar waar zien te maken," bitste Amber.

"Daag mij niet uit, mevrouw Wilkens."

Het klonk dreigend en Amber besefte dat ze slechte kaarten had. Ze kon maar beter een beetje met de vent omslijmen, daar schoot ze waarschijnlijk meer mee op. "Ik geloof dat ik Noortje net aan zie komen."

"In dat geval wil ik u verzoeken om haar onmiddellijk naar huis te sturen," sprak de notaris.

"Ze is al thuis. Ik ben haar moeder."

"Ze woont thuis bij haar vader aan de Molenstraat en dat blijft zo. Tenzij u instemt met de verkoop van het winkelpand."

"Daar wil ik nog even over nadenken en ondertussen slaapt Noortje vannacht bij mij."

"Daar zou ik onder bepaalde voorwaarden mee in kunnen stemmen."

"En die zijn?" vroeg Amber. Ze baalde meteen van die woorden. Dat klonk veel te gretig! Ach, wat maakte het uit? Anfering wist toch wel dat ze alles zou doen om haar kinderen terug te krijgen! Notaris Anfering liet een formeel kuchje horen. "U neemt het voorstel van *Real Estate Services De Vossenberg b.v.* aan, en we ondertekenen de desbetreffende akte morgen."

"Daar ga ik een nachtje over slapen, meneer Anfering. Maar luister eens, als ik dit huis verkoop, hoef ik uw miljonairsvilla niet. Ik wil dan ergens anders een woning naar mijn smaak laten bouwen."

"Het spijt me, mevrouw Wilkens, die villa is bij de deal inbegrepen. Maar het goede nieuws is, dat u die woning helemaal aan uw eigen smaak kunt laten aanpassen. Bovendien is er voor Hemerling Fournituren ruimte in het nieuwe winkelcentrum gereserveerd." De notaris kuchte alweer, alsof hij zijn laatste woorden bij Amber wilde laten bezinken. "Dat houdt dus in dat de wolwinkel van uw tante Wies gewoon blijft bestaan, alleen op een andere locatie, amper vijftig meter verderop," voegde hij er ten overvloede nog even aan toe.

"Oké, zoals gezegd, daar ga ik over nadenken."

"Als u akkoord gaat met de deal, zorg ik voor een bezoekregeling met uw kinderen."

"Dat moet dan wel eerlijk gaan. Ik snap dat Vincent ze ook wil zien, maar dan moeten we de week maar opdelen. Dus ik wil ze óf in het weekend óf tijdens de midweek bij me hebben."

"Dat zal ik doorgeven, mevrouw Wilkens. En als u belooft dat u Noortje morgen weer naar de Molenstraat stuurt, kan ze vannacht bij u blijven logeren."

Amber werd kwaad. Logeren? Bij haar eigen moeder nog wel! Dat zou ze die vent... Maar ze besefte nog net op tijd dat ze weinig keus had en maar beter een beetje aardig kon blijven. "Dat is afgesproken, notaris. Ik wens u nog een fijne dag verder."

Zonder op het notariële antwoord te wachten, verbrak ze de verbinding en ging terug naar de woonkamer, waar alle hoofden zich belangstellend in haar richting draaiden.

HOOFDSTUK 9

Twee weken later zat Amber thuis achter de computer naar het beeldscherm te staren. Na de korte inwerkperiode op het kantoor van Psyquin Interactieve Zelfhulp kon ze nu in haar eigen huis met de verdere ontwikkeling van de nieuwe module *Opkomen voor jezelf* aan de slag, een cursus waarin vrouwen konden leren om beter voor zichzelf op te komen.

"Als jij nou met de geschiktheidsvragen begint," had Carolien gezegd. "Dan gaat Floris intussen met het Dagboek aan de slag." Daarna had ze Amber vriendelijk lachend aangekeken. "Je kunt het beste eerst een paar uurtjes besteden aan een grondige analyse van de geschiktheidsvragen van de andere modules. Dan komt er vanzelf wel wat boven borrelen."

Amber trok een gezicht. In haar hoofd borrelde er inderdaad genoeg omhoog, maar dat waren allemaal dingen die niks met de nieuwe module te maken hadden.

Noortje en Reinier woonden tot haar grote verdriet nog steeds verplicht bij Vincent en ondertussen was ze ontzettend bang dat hij haar de kleine Michel ook nog zou afpakken. Gisteren had notaris Anfering voor de zoveelste keer opgebeld met de boze mededeling, dat ze het verkoopcontract voor de wolwinkel van tante Wies nu zo snel mogelijk moest ondertekenen, anders kwam de politie Michel halen en zag ze ook Noortje en Reinier nooit meer terug.

Ergens had ze het gevoel dat het een loos dreigement was, maar met die boef van een Vincent wist je het maar nooit. Maar dit huis verkopen wilde ze ook niet! Het was leuk aangeboden dat ze het bedrijf in het nieuwe winkelcentrum kon gaan voortzetten, maar in zo'n modern pand kreeg je nooit de sfeer van de oude winkel terug. Maar haar kinderen wilde ze natuurlijk ook niet kwijt...

En alsof dat nog niet genoeg was, spookte het mislukte bezoek aan tante Frieda en die sacherijnige oude opa ook maar steeds door haar hoofd.

En dan mocht ze Floris natuurlijk ook niet vergeten. Die wachtte nog steeds op een antwoord op zijn vraag of ze met hem gelukkig wilde worden. Maar ze had werkelijk geen flauw idee wat ze tegen hem moest zeggen. Ze vond hem leuk en volgens Jade was hij de meest geschikte levenspartner voor haar, ook al omdat ze dan meer kans zou hebben om Noortje en Reinier terug te krijgen.

Amber zuchtte diep. Jade had natuurlijk helemaal gelijk, maar ze hield ontzettend veel van Tom. Gisteravond waren ze voor het eerst sinds de bevalling weer aan het vrijen geweest... Ze wilde Tom niet kwijt, maar hoe moest het dan met Floris?

Ze werkten bij Psyquin samen aan het nieuwe project, als ze Floris de bons gaf, kon ze haar nieuwe baan misschien ook op haar buik schrijven.

Amber beet op haar nagel. Wat had het leven veel nare kanten...

Problemen genoeg, maar oplossingen?

Amber wreef vermoeid over haar ogen en staarde opnieuw wat afwezig naar het computerscherm waarop een rijtje geschiktheidsvragen van de module *Minder piekeren* zichtbaar was.

Ik ben snel geneigd mij zorgen te maken.

Ik ervaar een constant gevoel van onrust en spanning.

Ik kan niet stoppen met piekeren.

Overdag kan ik mij moeilijk concentreren op mijn taken.

Mijn zorgen overweldigen mij.

Ik ben altijd wel ergens over aan het piekeren.

Zorgelijke gedachten kan ik moeilijk van mij af zetten.

Ik ben snel vermoeid.

Mijn spieren voelen gespannen aan.

Ik zou graag willen leren wat ik zelf kan doen om mijn gepieker te verminderen.

Er kwam een wrang trekje om Ambers mond. Bij bijna iedere vraag kon ze als antwoord 'ja' aanvinken. En als ze het zo bekeek, werd dat er bij de volgende vragen niet beter op.

Kortom, zij was hard op weg om de enige echte wereldkampioen piekeren te worden!

Misschien moest ze de module maar gewoon zelf gaan volgen? Het was volledig anoniem, dus het zou Floris en Carolien niet opvallen, als ze dat ging doen...

Ze slaakte een diepe zucht en stond op. Eerst nog maar een bakje koffie, dan konden haar hersenen een beetje uitrusten. Wie weet, kwamen er dan straks opeens allemaal briljante ingevingen boven.

Nog steeds piekerend liep ze naar de keuken en schonk een kop koffie in.

"Wil het niet erg lukken, mevrouw Wilkens?" vroeg zuster

Speelman onverwacht. "U kijkt zo zorgelijk."

Amber schrok ervan. Ze was zo met zichzelf bezig geweest, dat ze niet eens gezien had dat zuster Speelman bij het fornuis stond.

"Het wil inderdaad niet," bromde ze. "Mijn hele hoofd zit vol met ellende."

"Als u erover wilt praten?"

"Ach, weet u... dat helpt toch niks. Het maalt maar rond en rond en rond..."

"Dat is toch ook logisch. U hebt erg veel hooi op uw vork, om het maar eens zo te zeggen." Zuster Speelman duwde een loshangende haarlok onder haar stijve verpleegsterskapje. "Zal ik een plak ontbijtkoek bij de koffie doen? Met boter?"

Amber knikte en ging bij de keukentafel zitten. "Ja, lekker. Zolang ik nog borstvoeding geef, moet ik er nog maar even van profiteren dat de calorieën niet tellen."

"Zo is dat," beaamde zuster Speelman. Ze sneed twee plakken koek af, smeerde daar een dikke laag boter op en zette die op de keukentafel neer. Daarna schonk ze voor zichzelf ook een kop koffie in en ging tegenover Amber zitten. "Ik wilde sowieso even met u praten," bekende ze. "U bent nu zo goed aan het opknappen en Michel is een hele rustige baby, dus ja..."

Ze stopte met praten en keek Amber aan.

Amber begreep het niet. "Dus ja?" vroeg ze.

"Ik heb hier steeds minder te doen en dan kan ik natuurlijk wel een boek gaan zitten lezen, maar daar betaalt u mij niet voor."

"Wat een onzin. Ik vind het fijn dat u er bent en dat geld... ja, dat klinkt misschien een beetje raar, maar dat kan mij niet zoveel schelen."

"Dat weet ik wel," knikte zuster Speelman, "maar ik wil mij liever nuttig maken."

"Maar dat doet u toch al? Ik moet er niet aan denken om het zonder u te doen."

"Ik wil hier ook graag blijven werken, maar u kunt best met wat minder uren toe. En nou had ik zo gedacht…" Ze stopte met praten en keek Amber wat aarzelend aan. "Weet u, ik ben hier dag en nacht in huis en dan vang je natuurlijk wel eens wat op."

Amber voelde hoe het bloed haar opeens naar de wangen steeg. Oh help, had zuster Speelman gehoord dat zij en Tom gisteravond aan het vrijen waren geweest? En ze hadden nog wel zo ontzettend zachtjes gedaan!

"Ik ving een paar dagen geleden toevallig een paar woorden op van de discussie die u met uw zusje had."

Amber haalde opgelucht adem. Gelukkig, het ging niet over de vrijpartij. "Mijn discussie met… met Jade?" vroeg ze.

"Ja, u maakte zich erg druk over uw tante die de verzorging van uw demente opa eigenlijk niet aankan en mevrouw Veenstra vond dat de mensen het maar lekker zelf uit moesten zoeken."

Amber knikte. "Eerlijk gezegd heb ik daar vannacht ook wakker van gelegen. Naast al die andere dingen waar ik geregeld wakker van lig." Ze haalde diep adem. "Frieda belde vanmorgen alweer huilend op. Ik zou graag wat voor haar doen, maar ik heb geen idee hoe ik haar kan helpen zonder een laaiende ruzie met Jade te krijgen."

"Mevrouw Veenstra bedoelt het niet zo kwaad," zei zuster Speelman sussend. "Ze is in haar hart een hele lieve vrouw. Volgens mij is ze diep teleurgesteld dat het allemaal om haar geld draaide en niet om haar."

Amber nam een slok koffie. "Eigenlijk vind ik dat zelf ook heel naar. Een mens wil toch graag ergens bijhoren en als je alleen maar bij je familie meetelt als je een grote zak met geld meebrengt... Ik heb daar ook erg veel moeite mee."

"Maar ondanks dat wilt u uw tante Frieda toch helpen."

"Ja, eigenlijk wel. Ik vind het ontzettend zielig voor haar en ergens voel ik me ook schuldig dat wij het zo goed hebben en zij zo slecht. En nou weet ik wel dat er nog veel meer arme stakkers op de wereld zijn, maar ja... het bloed kruipt blijkbaar toch waar het niet kan gaan."

"U hebt laatst nog een groot bedrag aan de Nierstichting geschonken, dus u moet uzelf nu geen verwijten gaan maken, mevrouw Wilkens. U bent een prima mens."

"Ja... ach..." bromde Amber vaag.

"Maar wat ik nou wilde voorstellen..." praatte zuster Speelman door. "Zal ik daar eens poolshoogte gaan nemen?"

"Poolshoogte?"

"Ja, ik kan uw tante Frieda best een paar uurtjes per dag bijstaan."

"U wilt voor opa gaan zorgen? Dat moet u niet doen, hoor. Dat wordt geen pretje."

"Ik heb al begrepen dat uw opa een sacherijnige oude Izegrim is."

"Izegrim?"

"Een zeldzame mopperkont." Zuster Speelman glimlachte. "Maar daar kan ik erg goed mee omgaan."

Amber veegde een koekkruimeltje van de tafel. "Er is geen land met die man te bezeilen. Hij is geestelijk ergens in de Duitse bezettingstijd blijven steken."

"Geen enkel probleem. Ik ben namelijk familie van de bekende verzetsman Wim Speelman."

"Hè?" vroeg Amber verbaasd. "Echt waar?"

"Geef me een paar dagen en die opa van u eet uit mijn hand."

Amber staarde zuster Speelman even nadenkend aan. "Oké, dat is misschien wel heel fijn. Maar als ze u raar behandelen, vertrekt u meteen. Dat moet u me beloven."

"Als u het goed vindt, ga ik er dan nu meteen even naar toe. Dan ben ik op tijd terug om het avondeten te maken."

"Ik moet nog even langs Psyquin om een cd te halen. Als u dan nog even kunt wachten tot ik terug ben? Het is zo lastig om Michel mee te slepen."

"Natuurlijk, ik ben er in eerste instantie voor u. Ik dacht dat u weer een zorg minder zou hebben als ik…"

"Ja, ja, ik vind het heerlijk als u straks naar opa gaat." Amber sprong op en ze legde haar hand even op de arm van zuster Speelman. "Bedankt, zuster. Dat is in elk geval een groot probleem minder."

"Met de rest komt het ook wel goed," zei zuster Speelman bemoedigend, maar daar geloofde Amber helemaal niks van.

*

Tien minuten later reed Amber het terrein van *Psyquin Interactieve Zelfhulp* op. Ze zette haar fiets tegen de muur naast het bordes en daalde de trap af naar het souterrain. Beneden viste ze de kantoorsleutel uit de zak van haar blazer en liet zichzelf binnen. Ze stak de hal over, gaf een kort symbolisch klopje op de deur en stapte het kantoor in. "Hoi Floris, ik kom even de cd voor..."

Amber schrok en stopte met praten. Floris stond met zijn rug naar haar toe in het midden van de kamer en hij was niet alleen. Carolien Zwanenburg genoot – innig tegen Floris aangeplakt – met wellustig kronkelende bewegingen van zijn twee handen die over haar billen streelden.

In de hoge spiegel aan de zijkant van de kamer zag Amber hoe ze elkaar hartstochtelijk kusten. Ze hadden alle twee hun ogen dicht en het was duidelijk dat ze zich totaal niet bewust waren van haar aanwezigheid.

Amber kneep haar lippen op elkaar. Floris lustte er blijkbaar wel pap van.

Maar wat had ze dan eigenlijk verwacht?

Oké, hij had háár min of meer ten huwelijk gevraagd en dan ging je er als vrouw niet meteen van uit dat hij er intussen nog een hele rits andere vriendinnetjes op nahield.

Aan de andere kant, als zij nou al ruim veertien dagen aan het nadenken was, wat ze met dat aanzoek moest... Dan zat het bij haar ook niet erg diep.

In gedachten zag ze opeens het blocnotebriefje voor zich waar ze vorige week in grote letters twee namen op had geschreven: Floris en Tom.

En nu wist ze eindelijk door welke naam ze een hele dikke streep ging zetten.

Ze draaide zich om, sloop op haar tenen terug naar de deur en deed die zachtjes achter zich dicht. Ze moest de torteltjes maar niet storen, die cd kwam wel een andere keer.

*

Terwijl de gedachten als bruine herfstblaadjes door haar hoofd dwarrelden, fietste Amber in een kalm tempo de Koninginnelaan weer in.

Hè?

Wat moesten al die mensen daar op de stoep? Was dat bij haar voor de deur?

Amber trapte wat harder door en al snel kreeg ze een beter zicht op de situatie. Er was een reportagewagen van RTV Utrecht bij haar op de stoep geparkeerd en daar dromden allemaal mensen omheen. Amber fietste langs en zag in het midden van de groep opeens Elsje staan die met brede gebaren opgetogen een verhaal vertelde. Er stond een man naast haar die een knalrode microfoon onder haar neus hield.

Amber reed om de oploop heen, zette haar fiets in het steegje naast de winkel op slot en stapte doelbewust op de groep mensen af. "Sorry, mag ik er even door, ik woon hier."

Drie seconden later voelde ze een hand op haar arm. "Even rustig, mevrouw," fluisterde een stem dringend. "We zitten midden in de opname."

Amber bleef staan.

"De beleggers hebben eindelijk begrepen dat plan Jachtlust geen toekomst heeft," hoorde ze Elsje zeggen.

"De geldschieters hebben zich dus massaal teruggetrokken," zei de interviewer. Zijn stem kwam Amber vaag bekend voor. "Heeft dat ook te maken met het floppen van een soortgelijk bouwplan in Rotterdam, mevrouw Hogenbirk?"

Elsje knikte. "Ja, dat heeft er alles mee te maken. Dat is namelijk dezelfde projectontwikkelaar die Jachtlust wilde gaan doen. *Real Estate Services De Vossenberg b.v.*"

"En die projectontwikkelaar De Vossenberg heeft vanmorgen surséance van betaling aangevraagd?"

Elsje knikte heftig. "Ze kunnen elk moment failliet gaan en dat wilden de beleggers van Jachtlust natuurlijk niet afwachten."

"U luisterde naar Elsje Hogenbirk, bestuurslid van de actiegroep *Red de Jachthuislaan*," zei de interviewer in de camera en daarna draaide hij zijn ogen naar het publiek.

Amber kreeg een schok. Dat was die ellendige Stefan Kouwenaar van *Utrecht in Tranen*! Die mocht haar niet zien! Ze probeerde nog snel achter een breedgeschouderde meneer weg te duiken, maar het was al te laat.

Stefan maakte een uitnodigend handgebaar en riep: "Daar hebben we Amber Wilkens, als ik mij niet vergis. Kom je er even bij staan, Amber?"

Amber was absoluut niet van plan om er even bij te komen staan. Het feit dat hij Elsje met *mevrouw Hogenbirk* aansprak en haar gewoon Amber noemde, beloofde niet veel goeds. Ze draaide zich haastig om, maar in de opdringende mensenmassa kon ze geen kant op.

Stefan had geen last van opdringende mensen. Integendeel. Iedereen week behulpzaam achteruit om hem door te laten. Dus was Stefan met vijf stappen bij Amber en trok haar mee naar de camera.

"We zetten hier als intro straks even wat shotjes van de vorige uitzending tussendoor," zei hij tegen niemand in het bijzonder. Hij gaf de cameraploeg een teken en keek Amber stralend aan. "Hoe is het met de baby, Amber?"

Dat was een vraag waar Amber niet veel gevaar in zag. "Het gaat prima met Michel."

"Dames en heren, dit is geweldig nieuws. Dus het arme kind heeft er gelukkig niet onder geleden dat zijn vader onschuldig in de gevangenis heeft gezeten?"

"Nee hoor, alles is oké," wist Amber uit te brengen en ondertussen voelde ze de zenuwen door haar keel gieren. Ze wilde hier weg! Wie weet wat voor rare vragen dat stuk ongeluk haar nog ging stellen!

"Maar Tom Enzinga is de vader van je kind helemaal niet, Amber."

Amber probeerde paniekerig een stapje achteruit te doen, maar Stefan Kouwenaar pakte haar arm in een ijzeren greep. "Dat weet je toch wel, Amber?" jende Kouwenaar door. "Of heb je zo'n bruisend liefdesleven dat je de tel even kwijt was?"

Amber liet zich opfokken. "Natuurlijk niet!" snibde ze. "Ik weet heus wel wie de vader van mijn kinderen is."

Kouwenaar draaide zich met een opgewekt gezicht naar de camera. "En die vader van Ambers kinderen, dames en heren, is niemand minder dan de beroemde voormalige strafpleiter Vincent Bering, die nu burgemeester van Soest is. De man die het bouwplan Jachtlust er zo graag door wilde juinen dat hij zelfs de leden van de Soester gemeenteraad heeft omgekocht."

Amber stond verbaasd naar het praatje te luisteren. Had Vincent de gemeenteraad omgekocht? Waar ging dit over?

Opnieuw probeerde ze weg te komen, maar Stefan bleef haar stevig vasthouden. Met zijn andere hand wenkte hij een magere vrouw die gretig aan kwam stappen. Ze droeg een knalrood mantelpakje met een kanariegeel sjaaltje en had een slappe pimpelpaarse hoed op, die half over haar linkeroor zakte. Er schitterde een op sensatie beluste blik in haar fletse ogen.

Ida Piersma, het roddelkanon van Soest.

Stefan nam even rustig de tijd om Ida aan de kijkers voor te stellen en daarna begon hij met het interview. "Vertel eens Ida, jij hebt uit betrouwbare bron gehoord, dat Vincent Bering gemeenteraadsleden probeerde om te kopen zodat ze voor het plan Jachtlust zouden stemmen?"

"Nou en óf," verklaarde Ida genietend. "En niet eentje, maar allemaal. En wie niet wilde, die was zijn leven niet meer zeker."

"Dat is krasse taal," zei Stefan aanmoedigend.

Ida keek met een mysterieuze blik in de camera. "Neem nou de oude burgemeester van Soest. Die was heftig tegen die plannen. En nu is hij dood."

"Je bedoelt dat Vincent Bering de oude burgemeester van Soest heeft vermoord?" riep Stefan op dramatische toon.

Ida trok een raadselachtig gezicht. "Dat zijn jouw woorden," zei ze glimlachend. "Maar het is wél een feit dat Vincent Bering minstens drie valse getuigen heeft opgetrommeld en die hebben die arme onschuldige Tom Elzinga de schuld gegeven."

"Dus dat is intussen definitief bewezen?"

Ida knikte heftig. "De getuigen hebben bekend dat ze door Vincent Bering contant zijn betaald."

"En diezelfde Vincent Bering is intussen officieel beëdigd als nieuwe burgemeester van Soest?" rakelde Stefan het vuurtje nog even extra op.

"Het is een regelrechte schande," snauwde Ida pinnig. "Die man moet onmiddellijk aftreden! Zelfs als hij zelf geen moordenaar is, dan is zijn reputatie nu toch heel erg beschadigd. Dat kan niet voor een burgemeester. Dat willen de Soesters niet."

Stefan liet de camera onverwacht weer naar Amber draaien, die ademloos naar de praatjes van Ida had staan luisteren. "Je weet de mannen wel uit te kiezen, Amber. Afpersers, inbrekers, moordenaars... En van alle drie een kind."

Amber schrok zich lam en ze staarde Stefan ontzet aan. "Dat is helemaal niet waar," snauwde ze uiteindelijk boos. "Je kletst uit je nek."

"Dat knippen we er zo nog wel even uit," grijnsde Stefan en hij gaf Amber een zegevierende knipoog. "Oké, genoeg voor hier. We gaan die mooie burgervader eens even opzoeken. Dat moet nog lukken voor de uitzending van twee uur." Hij liet Amber eindelijk los, liep haastig naar de reportagewagen en stapte in. De mensen van de cameraploeg pakten in hetzelfde tempo hun spullen bij elkaar en spurtten hem na.

Zodra de tv-ploeg weggereden was, kwam Elsje op Amber af. "Gaat het, Amber?"

"Gaat helemaal prima, hoor. Ik heb me nu ook nog op mijn eigen stoep door dat stuk ellende laten schofferen."

"Ik vind het een erg knappe man," verklaarde Ida Piersma op een zwijmeltoontje.

Amber schrok. Ze was wel lekker bezig, zeg. Daar stond ze allerlei commentaar te leveren met Ida Piersma binnen gehoorsafstand. Het was alleen nog maar een kwestie van tijd voor heel Soest op de hoogte was.

"Wil je koffie, Ida?" vroeg Elsje hartelijk.

Ida schudde haar hoofd. "Nee, ik heb zo een afspraak bij de Amersfoortse Courant. Ik moet rennen." Ze voegde de daad bij het woord en stapte met heftig tikkende hakken weg.

Elsje gaf Amber een knipoog. "Ook weer opgelost," zei ze. "Ga je mee naar binnen? Je ziet eruit alsof je wel een borrel kunt gebruiken."

"Klopt." Amber knikte en drukte haar hand tegen haar borst. "Maar zolang ik nog borstvoeding geef, moet ik het maar bij een kop koffie houden."

*

Die avond keek Amber naar de herhaling van *Utrecht in Tranen*. Lekker opgekruld op de bank tegen Tom aan, liet ze de ellende

219

maar over zich heen komen.

Elsje deed het erg goed op het scherm. Ze zag er vlot uit en ze had een goed verhaal te vertellen. Daarna vulde het beeld zich met een huilende Amber en op de achtergrond was de tune van *Utrecht in Tranen* te horen.

Amber schoof onrustig heen en weer. "Ik wil dit helemaal niet zien, ik haal anders wel even een drankje. Als jij dan roept als het afgelopen is, kom ik wel weer terug."

Maar Tom hield haar tegen. "Kom nou, dit gaat niet over jou, maar over Vincent Bering. Die zie je toch al steeds tussen de shots door in beeld komen? Ze bouwen het leuk op, dat moet ik ze nageven."

Dus was Amber getuige van haar eigen uitbarsting en zat ze hoofdschuddend naar het optreden van Ida Piersma te kijken.

Daarna kwam Vincent in beeld die met een professioneel lachje in de camera keek. "Het zijn allemaal prachtige en échte Soester verhalen," glimlachte Vincent. "Daarom hou ik zoveel van dit geweldige dorp."

"Maar als burgemeester kun je nu wel inpakken," zei Stefan Kouwenaar pesterig.

Vincent knikte opgewekt. "Dat is precies wat ik ga nu doen. Morgen start er een kleine interne verbouwing van het gemeentehuis, dus ik ga dadelijk inderdaad alles inpakken. En ik wil RTV Utrecht graag uitnodigen voor de feestelijke receptie als alles over twee weken klaar is. Tot dan." Hij keek nog een keer met een stralende lach in de camera, zwaaide en liep weg.

Die gang van zaken had Stefan Kouwenaar duidelijk overvallen, want na een korte pauze hoorden ze hem zijn vaste slotpraatje opdreunen. "Dit was Stefan Kouwenaar voor *Utrecht in Tranen*. Aangrijpend regionaal drama rechtstreeks in uw huiskamer. Bedankt voor het kijken en graag tot de volgende uitzending!"

Het laatste beeld was een shot van een kletsnatte reebok in het verregende natuurgebiedje langs de Jachthuislaan.

"Je ziet het water van zijn gewei afdruipen," zei Tom hoofdschuddend. "Het is net of het beest huilt."

"Vincent lijkt nergens mee te zitten. Die doet gewoon of er niks aan de hand is," bromde Amber. "Jij hoorde hem toch ook beweren dat er hele hordes nieuwe beleggers staan te dringen om aan Jachtlust mee te doen?"

"Het is grootspraak, Amber. Meester Antons heeft me vanmiddag nog gebeld. Hij zei dat de bewijzen tegen Vincent zich opstapelen. Het is alleen maar een kwestie van tijd."

"Ja, dat zeggen ze allemaal. Maar ondertussen mis ik Noortje en Reinier ontzettend. En als ik die verkoopakte niet teken, raak ik Michel ook nog kwijt."

"Dat is absolute onzin, Amber. Meester Antons heeft je dat toch vaak genoeg uitgelegd?"

"Nou, ik geloof..."

"Als er na een echtscheiding een kind wordt geboren, heeft de voormalige echtgenoot geen enkel recht, want hij wordt door de wet niet als vader beschouwd."

"Maar Vincent is de vader wél. En dat kan hij met die vaderschapstest ook nog bewijzen."

"Meester Antons heeft me verzekerd dat we ons daar echt geen zorgen over hoeven te maken." Tom trok Amber dicht tegen zich aan. "Hij weet heus wel waar hij het over heeft. Vertrouw daar nou maar op."

"Zei hij nog wat over de bezoekregeling? Ik heb er toch gewoon recht op om mijn kinderen te mogen zien?"

"Hij is daar nog volop mee bezig. Het komt wel goed."

"Ja, ooit." Amber knikte wrang. "Als de walvissen hier door de straat zwemmen, dan krijg ik mijn kindertjes vast terug."

Tom gaf Amber een kus op haar wang. "Kom op, Am. Ik ga Michel halen voor zijn voeding en daarna gaan we lekker samen een filmpje kijken."

*

De volgende morgen zat Amber aan het ontbijt toen Elsje als een wervelwind binnen kwam stormen. "We hebben bijna alle landelijke dagbladen gehaald!" riep ze vrolijk en ze legde een hele stapel kranten voor Amber neer.

Bouwschandaal in Soest kopte De Telegraaf en er volgde een smeuïg artikel waarin geen spaan heel bleef van de firma *Real Estate Services De Vossenberg b.v.* die volgens de krant de beleggers had voorgelogen.

Het ambitieuze bouwplan Jachtlust in Soest is compleet geflopt nu de beleggers zich massaal hebben teruggetrokken. Plan Jachtlust was de naam van een revolutionair bouwproject in de gemeente Soest, dat in een natuurgebiedje vlak naast Paleis Soestdijk uit de grond gestampt had moeten worden.

Het plan omvatte een luxe hotel om de bezoekers van het paleis een passend onderkomen te geven, een winkelcentrum van zes verdiepingen met onderkelderde parkeergarage en daarnaast een aantal riante miljonairsvilla's die met tennisbaan én zwembad opgeleverd zouden worden.

Nadat eerder een al even ambitieus project in Rotterdam wegens gebrek aan belangstelling was afgeblazen, hebben ook deze bouwplannen van de firma Real Estate Services De Vossenberg het door de huidige financiële crisis niet gehaald.

"In een tijd waarin winkels het moeilijk hebben en aan de lopende band sluiten, heeft zo'n peperduur nieuw bouwplan natuurlijk geen enkele kans van slagen," aldus het Soester raadslid Herman Overhof. "Terwijl er op dit moment voor maar 10% van de beschikbare ruimte belangstellende kopers of huurders zijn, liet Real Estate Services De Vossenberg de beleggers in de waan dat er al een bezettingsgraad van meer dan 70% was gehaald."

Het artikel besloot met een kort commentaar van de bekende Soester notaris Wilhelmus Anfering die glashard beweerde dat hij altijd al zijn vraagtekens bij het bouwplan had gehad.

Het Algemeen Dagblad had onder de titel *Omkoopschandaal in Soester gemeenteraad* de hele derde pagina aan het nieuws gewijd. Er kwamen wel tien gemeenteraadsleden aan het woord, die allemaal 'met een lucratief financieel voorstel' benaderd waren. Ze beweerden om het hardst dat hun stemgedrag inzake het plan Jachtlust hierdoor vanzelfsprekend niet beïnvloed was en ze waren eensgezind van mening dat Vincents positie als burgemeester onhoudbaar was geworden.

Burgemeester Bering zelf ontkende echter in alle toonaarden dat hij fout zat. *"Ik heb me keurig aan de regels gehouden,"* liet Vincent weten. *"Als ik eerst met een bakker over zijn toekomstige nieuwe winkel in Jachtlust praat en ik ga daarna een brood bij hem kopen, dan heeft dat niks met belangenverstrengeling te maken. Als burgemeester kun je het nou eenmaal niet snel goed doen. Want als ik mijn boodschappen in Amersfoort zou halen, komt er weer kritiek dat ik de Soester ondernemers onvoldoende steun."*

De Volkskrant had onder de enorme kop *Voormalige strafpleiter koopt getuigen om* een interview met meester Antons die uitgebreid inging op de schandalige praktijken van advocaat Onno Bering en zijn zoon. In de laatste regels van het artikel verklaarde pa Bering desgevraagd dat hij een procedure wegens smaad aanhangig ging maken.

Ook de Metro besteedde aandacht aan het schandaal: *Nieuwe Soester burgemeester in opspraak, positie Vincent Bering onhoudbaar.*

Elsje legde een exemplaar van de Spits voor Amber neer. "Het leukste heb ik voor het laatst bewaard," zei ze opgewonden. "Kijk, dat ben ik." Ze tikte trots op een enorme foto van zichzelf onder de vetgedrukte kreet: *Soester Natuurgebied gered!*

"Je staat er mooi op," zei Amber bewonderend. "Het is echt super dat je dit allemaal voor elkaar gekregen hebt." Ze schudde langzaam haar hoofd. "Ik kan het nog bijna niet geloven dat jullie Vincent zijn vet hebben gegeven."

"Ja, daar is hij vast niet blij mee," zei Elsje stralend. "Voorlopig zit hij wel in zijn mandje." Ze hield geschrokken haar hand voor haar mond. "Sorry, dat klinkt niet aardig om over je ex-man te zeggen. Ik liet me even meeslepen."

"Laat jij je maar lekker meeslepen, hoor. Ik heb het helemaal gehad met die vent." Amber zuchtte diep. "Ik ben alleen bang dat hij al die ellende nu op mij gaat afreageren. Hij heeft Noortje en Reinier in de tang."

Elsje legde haar hand troostend op Ambers schouder. "Daar is meester Antons echt heel druk mee bezig. En als dat niet helpt, beginnen we gewoon een nieuwe actie. *Geef Amber haar kinderen terug*, of zoiets."

"Je bent een schat," verklaarde Amber dankbaar. "In elk geval hoef ik nu dit huis niet meer te verkopen. Dat is al een enorme winst."

"Zo is dat," vond Elsje. "Maar volgens mij hoor ik de winkelbel. Tot straks." Ze liep haastig weg.

Zonder het te merken verkruimelde Amber haar croissantje tussen haar trillende vingers. Als Vincent nu maar geen wraak op haar ging nemen, die ellendeling was tot alles in staat…

HOOFDSTUK 10

Twee weken en een hele berg vernietigende krantenberichten later kwam Vincent eindelijk de kinderen eens brengen.

Amber zag de zilvergrijze Mercedes naast de stoeprand stoppen
en ze spurtte de trap af om Noortje en Reinier te gaan begroeten.
Ze schoot op de kinderen af en omhelsde ze allebei tegelijk. "Wat
heerlijk om jullie eindelijk weer te zien. We gaan er een fantastisch weekend van maken."

"Ja, geniet er nog maar even van," hoorde ze Vincent hatelijk
zeggen. "Dit is namelijk de laatste keer. Het is dat ik geen andere
oppas kon krijgen, anders had je ze nu ook al niet meer te zien gekregen."

Amber liet Noortje en Reinier los, en stapte op Vincent af. "Dit zijn
mijn kinderen, Vincent. Ik heb het recht om ze regelmatig te zien.
Ik vind het schandalig dat je ze steeds maar bij me weg houdt!"

"Tussen recht hebben en recht krijgen, zit een behoorlijk gat,"
grijnsde Vincent vals. "En dat gat wordt elke dag groter. Reken
daar maar op."

"Je bent een ontzettende zak," zei Amber boos. "Ik begrijp niet
wat ik ooit in je gezien heb."

"Helemaal wederzijds! Hoe durf je de boel zo tegen me op te stoken!"

"Op te stoken?" Amber deed haar mond verder open om Vincent
eens goed de waarheid te zeggen, maar ze besefte dat er twee
kleine potjes met hele grote oren bij stonden. "Ga maar vast naar
boven, jongens. Ik kom er zo aan."

Noortje en Reinier keken aarzelend van Amber naar Vincent, en terug.

"Naar boven met jullie!" snauwde Vincent. "Doe wat je moeder zegt!"

Op dat commando grepen Noortje en Reinier hun spullen uit de auto en draafden op een holletje de wolwinkel in.

Amber keek ze heel even na. Toen draaide ze zich weer naar Vincent toe en schrok van de haat die in zijn ogen lag. "Ik heb helemaal niemand opgestookt," verklaarde ze. "Je hebt al die narigheid alleen aan jezelf te danken!"

"Ik laat me niet dwarsbomen!" brulde Vincent en Amber zag zijn gezicht knalrood aanlopen. "Dat plan Jachtlust zal er komen, al is dat het laatste wat ik doe!"

"Je moet niet zo schreeuwen, Vincent. De hele buurt geniet ervan mee."

"Ik heb schijt aan die buurt!" brulde Vincent onparlementair.

Amber beet op haar lip. "Nou, nou. Let een beetje op je woorden, zeg. Alle kans dat je kinderen je horen."

Daar had Vincent ook maling aan en hij begon nog harder te brullen. Zijn ogen puilden uit en leken wel vuur te spuwen. Bij zijn slaap zag Amber een ader opzwellen. "Ik maak zelf wel uit wat ik zeg, hypocriete trut die je bent!"

Amber deed een stapje achteruit. Ze wist wel dat Vincent een driftkikker was en ze had wel vaker meegemaakt dat hij heftig door het lint ging. Maar nu zag hij eruit alsof hij elk moment kon ontploffen. Hij was zo ontzettend kwaad!

Ze had weinig zin om klappen te krijgen.

"Jij… Jij…" schreeuwde Vincent.

Amber deed opnieuw een voorzichtig stapje achteruit.

Achter hen ging de deur van de winkel open en Elsje kwam naar buiten. "Amber? Er is telefoon voor je!"

"Daar heb ik je!" bulderde Vincent en hij stormde op Elsje af. "Jij bent de oorzaak van alles! Met die rare actiegroep van je! Als ik jou toch in mijn vingers krijg!"

Elsje schoot haastig naar binnen en smeet de winkeldeur voor Vincents neus in het slot. Maar Vincent was intussen door het dolle heen en hij gaf een enorme schop tegen de winkeldeur. Maar die was nog van voor de oorlog en had wel ergere dingen meegemaakt.

Opnieuw trapte Vincent in blinde woede tegen het hout. En nog eens. En nog eens…

Amber had geen zin om de rest van de vertoning af te wachten. Misschien kon ze maar beter de politie bellen voor het helemaal uit de hand zou lopen.

Ze draaide zich om en was al bijna bij het steegje toen ze na een volgende enorme dreun opeens een raar gerochel hoorde. Daarna werd het stil.

Gejaagd keek ze over haar schouder en bleef verschrikt staan. Vincent zakte als een slordige baal vuilnis tergend langzaam tegen de gevel omlaag. Zijn tong hing half uit zijn mond en er drupte speeksel langs zijn kin. Zijn ogen waren wijd open, maar keken in het niets.

Terwijl Amber haastig naar hem toe liep, ging de winkeldeur weer open en Elsje verscheen op de drempel. "Hij viel ineens om," verklaarde ze geschrokken. "Zal ik een dokter bellen?"

"Ja, bel *Eén-Eén-Twee* maar. Ze moeten dringend een ambulance sturen. Of de traumaheli. Dit ziet er helemaal niet goed uit."

"Hij ademt nog wel," zei Elsje.

"Bel nou maar gauw!"

Elsje schoot naar binnen en Amber zakte naast Vincent op haar hurken. Zijn linkerwang hing scheef.

Amber haalde diep adem. Had ze niet eens ergens gelezen dat je dit soort verschijnselen vaak bij een beroerte zag? Had Vincent een hersenbloeding gehad?

Dat was best mogelijk. De sufferd had zich zo ontzettend opgewonden. Daar kon geen enkel bloedvat tegen...

Elsje stak haar hoofd weer om de hoek. "Ze komen eraan."

Amber ging weer staan. "Wie was er eigenlijk voor mij aan de telefoon?"

"Niemand. Dat was een smoesje om je bij Vincent weg te krijgen. Ik kon toch ook niet weten dat hij als een hondsdolle rinoceros op mij af zou schichten?"

Amber voelde zich opeens vreemd rustig. Ze hield niet meer van Vincent, dat wist ze plotseling heel erg zeker. Hij was natuurlijk de vader van alle drie haar kinderen, maar verder interesseerde het haar geen bal dat hij er zo bij lag. "Let jij even op hem?" vroeg ze. "Dan ga ik Rosalinde bellen. Die zit vast op hem te wachten. Ze zouden op citytrip naar New York. Als er wat bijzonders met Vincent is, moet je me gelijk roepen. Ik ben zo terug."

Amber liep haastig naar het kantoortje achterin de winkel, greep de telefoon en draaide het nummer van het huis aan de Molenstraat.

"Met mevrouw Bering," hoorde ze in de verte een vage stem zeggen.

Amber aarzelde. Was dat Vincents moeder? Of nam Rosalinde zo de telefoon op? "Dag, met Amber. Ik wil Rosalinde graag even spreken."

"Daar spreek je mee," klonk het een stuk duidelijker. "Vincent is al onderweg met de kinderen. Hij kan elk moment bij je zijn."

Amber kuchte. "Vincent is er al, maar, eh… Hij… We hadden een soort van ruzie en… Hij ging helemaal uit zijn dak."

"Dat verbaast me niks," antwoordde Rosalinde luchtig. "Hij krijgt hier ook de ene driftbui na de andere. Het is gewoon niet leuk meer. Heeft hij je geslagen?"

"Nee, hij, eh… Ik… Hij is in elkaar gezakt."

"In elkaar gezakt?"

"Ja, hij stond als een bezetene tegen de winkeldeur te schoppen en toen viel hij zo om. Het lijkt niet goed. Zijn tong hangt uit zijn mond en… Misschien kun je maar beter even komen."

"Het is ook altijd wat met die vent," antwoordde Rosalinde bits. "Hij staat constant stijf van de stress en dan schreeuwt hij hier de hele boel bij elkaar."

"Je zult toch wat moeten regelen. Het is jouw man."

"Ik zit zonder auto, want… Oh wacht, ik leen de wagen van Jonassen wel even. Geef me vijf minuten." Voor Amber iets terug kon zeggen, had Rosalinde de verbinding verbroken.

Amber keek wat verbaasd naar de hoorn. Rosalinde had niet bepaald als een liefhebbende echtgenote gereageerd. Alle kans dat

Vincent zijn tweede huwelijk ook al flink aan het verprutsen was. Nou ja, dat was haar zaak niet.

"Is er iets aan de hand?" klonk de stem van zuster Speelman achter Amber. "Ik hoorde zo'n herrie?"

Amber wees naar de winkeldeur. "Mijn ex heeft een beroerte gehad of zoiets. Ik wist niet dat u al terug was van opa."

Zuster Speelman antwoordde niet, maar draafde op een holletje de winkel uit. Amber legde de hoorn eindelijk op de haak en liep haar langzaam achterna.

Zuster Speelman stond over Vincent gebogen en kwam hoofdschuddend weer overeind. "Een ernstige hersenbloeding, als je het mij vraagt. Ik kan weinig voor hem doen. Is de ambulance onderweg?"

Elsje knikte. "Ja, ik heb ze gebeld. Ze komen eraan."

"Heb je gezegd dat zijn gezicht scheef hangt?"

Elsje knikte opnieuw. "Ja, ik heb zijn toestand zo goed mogelijk beschreven."

"Heel goed." Zuster Speelman keek op haar horloge en schudde haar hoofd. "De aanrijtijd van die ambulances is hier veel te lang."

Elsje haalde haar schouders op. "Ze hebben het ziekenhuis wegbezuinigd, dan krijg je dat. En wij kunnen er als burgers weinig aan doen dat ze al ons geld dan in een bodemloze Europese put storten."

Zuster Speelman rechtte haar rug. "Ik ga weer naar boven om de kinderen bezig te houden. Die hoeven hun vader zo niet te zien."

Een eindje verder kwam een grijze auto de hoek om scheuren en die stopte met piepende remmen achter Vincents Mercedes. Felgroene letters op de zijkant gaven aan dat het hier de bedrijfswagen van de firma Felix en Jonassen betrof.

Er sprong een elegante jonge vrouw uit de auto. Ze droeg hooggehakte bruine laarsjes, een broek in dezelfde kleur en een open beige truitje. Haar blonde haren waren netjes opgestoken.

Toen ze dichterbij kwam, zag Amber dat er onder een dikke laag make-up een blauw oog verborgen ging. Amber kon er niks aan doen. "Ben je van de trap gevallen?" vroeg ze.

Rosalinde glimlachte wrang en liet haar blik onderzoekend over Vincent glijden. "Ik geloof dat ik dit keer officieel tegen een deur ben aangelopen. Ik ga er steeds meer van balen." Ze keek Amber aan. "Hij heeft me ook nog met een gehandicapt kind opgezadeld."

"Gehandicapt?"

"Priscilla heeft de ene epileptische aanval na de andere. Ik geloof nooit dat ze nog een normaal leven kan gaan leiden."

"Tuurlijk wel," zei Amber troostend. "Ze moeten de medicijnen goed inregelen. Met Noortje gaat het toch ook oké?"

"Ze maken mij niet wijs dat het niet ontzettend schadelijk is voor zo'n kleine baby. Dat ligt daar maar naar adem te happen en ik denk iedere keer dat haar laatste uur geslagen heeft." Er klonk een snik door in haar stem.

Amber stapte op Rosalinde af en legde haar hand troostend op haar arm. "Ik ben ook iedere keer bang als Noortje een aanval krijgt. Het is een rotgezicht, maar het gebeurt steeds minder en eigenlijk gaat het nu heel goed met haar."

"Nou, ik geloof er niet meer zo in," zei Rosalinde cynisch.

Amber haalde diep adem. "Mevrouw Bering heeft haar hele leven al dezelfde klachten en die is er intussen al vijfenzeventig mee geworden. Je zult zien dat het allemaal heel erg mee zal vallen."

Rosalinde beet op haar lip en keek weer naar Vincent. "Moet je hem daar nou zien liggen." Ze hurkte bij haar man neer en tikte tegen zijn wang. "Heb je nou je zin? Je kwijlt!"

"Wat is er met Vincent?" vroeg ineens een stem achter Amber. Amber keek om. "Tom! Wat fijn dat je er bent. Hoe weet je nou dat…"

"Elsje heeft me gebeld dat hij hier de boel in elkaar stond te schoppen," legde Tom uit. "Ik ben meteen op de fiets gesprongen."

Rosalinde kwam weer overeind en wees op Vincent. "Zou het ooit nog goed komen met hem?"

"Ik weet het niet. Ze zijn tegenwoordig best knap."

"Nou, in elk geval moet jij de kinderen verder maar bij je houden, Amber. Ik hoef ze niet meer terug."

Amber wist niet wat ze hoorde. "Hè? Meen je dat écht?"

"Uit de grond van mijn hart. Ik heb al zo vaak tegen Vincent gezegd dat het mij veel te druk was met een zieke baby en al dat gepuber, maar dat interesseerde meneer geen bal." Rosalinde veegde over haar neus. "En dan zat ik in mijn eentje met ze opgescheept terwijl hij pret maakte met de zoveelste nieuwe vlam."

"Heeft hij een ander?" vroeg Amber. "Ik dacht dat jullie…"

"Wanneer heeft Vincent nou geen ander?" Rosalinde perste haar lippen op elkaar. "Ik zal straks die andere achtennegentig meiden ook even inseinen dat hij voorlopig niet voor ze beschikbaar is. Weet je wat, ik zet een advertentie in de *Soest Nu*."

Het klonk ontzettend cynisch en Amber had geen flauw idee hoe ze moest reageren. Ze staarde Rosalinde aan en langzaam drong de werkelijkheid tot haar door. Opeens bruiste er een enorm gevoel van geluk in haar omhoog. Ze had haar kinderen terug! Noortje en Reinier kwamen weer bij haar wonen!

Ze wilde dansen en juichen en zingen en springen en… Maar dat kon ze natuurlijk niet maken. En al helemaal niet midden op de stoep naast de bewusteloze vader van haar kroost.

Gelukkig was er in de verte eindelijk het snerpende geluid van een sirene te horen en even later zeilde een knalgele ambulance de hoek om.

Terwijl de ziekenwagen met gierende banden voor Vincents Mercedes stopte, gingen er overal in de straat deuren open en draafden nieuwsgierige buren op het geluid af.

Uit de ambulance sprongen twee mannen in gele jassen naar buiten. Terwijl de ene in allerijl een brancard tevoorschijn haalde, liep de ander meteen naar Vincent toe en onderzocht hem. "We brengen hem naar het UMCU. Wil er iemand meerijden?"

Rosalinde stapte naar voren. "Ik ben zijn vrouw. Ik ga mee." Ze draaide haar blik naar Amber. "Felix komt zo die auto wel even halen. En als ik nieuws heb, bel ik je." Na een korte groet liep ze met de ambulancebroeders mee, wachtte tot de brancard was ingeladen en stapte haastig in.

Met gierende sirenes scheurde de ziekenwagen weg.

Amber voelde opeens Toms armen om zich heen. "Het is niet aardig van me, maar ik zou het liefste een enorme fles champagne opentrekken. Weten de kinderen het al?"

"Ik denk dat zuster Speelman het ze al verteld heeft. Die weet hoe goed ik in die dingen ben. Laten we maar naar boven gaan, dan merken we het vanzelf."

Hand in hand liepen ze de winkel in, waar Elsje wat verloren achter de toonbank stond. "Wat een toestand," prevelde Elsje kleintjes. "En dat komt allemaal door mij. Ik voel me zo ontzettend schuldig."

"Welnee, dit had niks met jou te maken. Jij hebt toch geen getuigen omgekocht of mensen bedreigd?"

"Nee, dat is wel zo, maar…"

"Je hebt dat blauwe oog van Rosalinde toch ook wel gezien? Hij sloeg haar. En mij destijds ook. Het is gewoon een zak."

"Helemaal mee eens," mengde Tom zich in het gesprek. "Ik vind het zielig voor Noortje en Reinier, maar hij heeft zijn trekken eindelijk thuis."

De winkelbel ging en er kwam een hele horde nieuwsgierige vrouwen naar binnen drommen. "Elsje! We zagen de ambulance rijden. Wat was er aan de hand? Iets met Noortje?"

"Gaan jullie maar gauw naar boven," zei Elsje. "Ik red het hier wel. En neem gelijk de post even mee, Amber. Het is voor jou. Van Grutters."

Amber pakte de brief aan en keek verbaasd naar het kleurige logo van Modehuis Grutters. Die hadden haar vorig jaar als mannequin ontslagen en alle financiën waren al afgewikkeld. Wat konden ze haar nu nog te schrijven hebben?

Terwijl ze achter Tom aan de trap op liep, scheurde ze de envelop open, trok het dunne velletje papier tevoorschijn en bleef staan om de brief te lezen.

Geachte mevrouw Wilkens, beste Amber,

Zoals u weet, werkt Modehuis Grutters er hard aan om haar toonaangevende positie in de top van de landelijke mode-markt te behouden en daarbij hechten wij veel waarde aan de mening van onze klanten.

De laatste maanden neemt met name de vraag naar nieuwe producten in onze Thirties Collection sterk toe.

Door uw zwangerschap konden wij het afgelopen jaar he-laas geen gebruik maken van uw door ons zeer gewaardeer-de diensten als freelance-mannequin. Nu de baby geboren is, willen wij u graag weer in ons team opnemen.

Zoals gebruikelijk was, worden uw werktijden in overleg vastgesteld.

Hopend op een positieve en spoedige reactie,
met vriendelijke groet,
Simon Grutters jr.

Hè? Wilde Grutters haar terug? Maar…

Amber las de brief wel drie keer over, maar de informatie bleef natuurlijk steeds hetzelfde en eindelijk besefte Amber dat ze het niet verkeerd begrepen had.

Grutters wilde haar terug!

Ze had weer een baan als mannequin!

Ze kreeg opeens haast en rende naar de woonkamer, waar vier hoofden zich stomverbaasd naar haar omdraaiden toen ze zo stormachtig kwam binnenstuiven.

"Ik heb mijn baan terug!" gilde ze. "Ik mag weer bij Grutters showen!" Ze stormde op Tom af en viel hem half huilend in de armen. "Ik vond het zo erg dat ze me ontslagen hadden," snikte ze. "Ik wil zo graag model zijn!"

Tom aaide haar rustig over haar hoofd. "Dan hoef je toch niet te huilen? Het is je weer gelukt!"

Amber ging rechtop zitten en snoot haar neus in het zakdoekje dat Tom aangaf. "Ze beweren in deze brief dat ik daar niet meer kon werken vanwege mijn zwangerschap, maar toen ik ontslag kreeg, wisten ze niet eens dat ik in verwachting was. Ik snap eigenlijk niet waarom ze nu ineens..."

"Ik wél," zei Tom langzaam. "Ik begrijp het wel."

"Maar hoe..."

"Dat ontslag had je uitsluitend aan Vincent te danken. Ik heb van Jade gehoord dat je collega's je ontzettend misten. En Simon Grutters miste je ook. Je was een van zijn meest populaire mannequins."

"Maar dat heeft Jade nooit tegen mij gezegd."

Tom haalde zijn schouders op. "Ze voelde zich ontzettend schuldig. Ze heeft ook nog steeds het idee dat die scheiding haar schuld was."

"Ach welnee, het ging gewoon niet meer tussen Vincent en mij. We leefden gigantisch langs elkaar heen. En hij sloeg me."

"Ik ga maar eens een kop thee zetten," zei zuster Speelman. "Lopen jullie even met mij mee om te helpen, jongens? Er is vast ook wel ergens een lekker koekje te vinden." Ze liep de kamer uit, en Noortje en Reinier gingen gehoorzaam achter haar aan.

Tom wachtte tot de deur achter hen was dichtgevallen en zei:

"Vincent zat achter dat ontslag bij Grutters. En nu hij zo in opspraak is geraakt, zal de goede verstandhouding tussen hem en de modefirma wel bekoeld zijn." Hij gaf Amber een kusje op haar wang. "En? Neem je het aanbod aan?"

Amber knikte. "Ja, natuurlijk. Ik ga Simon zo gelijk bellen. Mijn droom komt voor de tweede keer uit."

"En hoe zit het met Psyquin? Neem je daar dan ontslag?"

"Nee, joh. Ik vind die psychologische dingen veel te leuk. Dat wil ik ook blijven doen. De modeshows zijn hooguit een paar keer per maand, dus dat gaat prima samen."

"En heb je verder ook al een keus gemaakt?"

Ze keek hem verbaasd aan. "Een keus gemaakt?"

"Ja, ik vond vorige week toevallig een blocnotevelletje. Met twee namen erop."

Amber werd opeens knalrood. Had ze dat briefje laten rondslingeren? Wat een blunder!

"Je vindt die Floris erg leuk, hè? Ik snap het wel als je voor hem zou kiezen. Een keurige psycholoog... geen strafblad..."

Amber kreeg eindelijk haar stem terug. "Ik hou van jou, Tom. Als je mij tenminste nog wilt hebben."

Tom schrok. "Als ik je... Dat klinkt alsof je met hem naar bed bent geweest."

"Nee, natuurlijk niet. Dat zou ik toch nooit doen. Niet achter jouw rug om."

"Onder mijn neus wel?"

"Nee, natuurlijk niet. Echt niet!"

"Er zijn er anders genoeg die daar geen moeite mee hebben."

"Je weet best dat zoiets mijn stijl niet is." Ze pakte zijn hand. "Ik hou van je, Tom. Jij helpt me tenminste als er wat is."

Hij glimlachte. "Je moest wel in je eentje bevallen omdat ik…"

"Dat was de schuld van Vincent. Daar kon jij niks aan doen."

Tom knikte langzaam. "Dus je kiest voor mij, Amber?"

"Ja, ik kies voor jou, Tom."

Tom wurmde zich uit haar omhelzing los en stond op.

Amber keek hem verschrikt aan. "Waarom ga je weg? Je gaat toch niet weg? Ik heb echt niks met Flo…"

Hij schudde lachend zijn hoofd en zakte op één knie voor haar neer. "Nee, ik ga nooit meer weg. En dat mag de hele wereld weten." Hij haalde diep adem en pakte haar hand. "Wil je met me trouwen, Amber?"

Amber voelde zich opeens ontzettend raar.

Vincent…

Vincent had haar ook ten huwelijk gevraagd, hier in dezelfde kamer, op precies dezelfde bank. Heel even was het alsof ze Vincents stem weer hoorde: *Ik wil het goed maken. Mijn fout van tien jaar geleden herstellen. Ik… Ik had toen met je moeten trouwen. Wil je met me trouwen, Amber?"*

Toen had ze absoluut niet geweten wat ze tegen Vincent moest zeggen, maar nu wel.

Ze hield van Tom. En hij hield van haar. Met hem zou ze eindelijk echt gelukkig worden.

"Ja Tom," zei ze zacht. "Ik wil heel graag met je trouwen."

EPILOOG

"En opa?" vroeg Amber opgewekt. "Bevalt het luie leven een beetje?"

"Ik ben helemaal niet lui," bromde opa Wilkens verontwaardigd. "Ik heb mijn hele leven hard gewerkt." Hij kwam een stukje uit zijn luxe rolstoel omhoog en nam een bibberig slokje van zijn tropische cocktail. Zijn gezicht verzachtte en hij nam snel nog een slok.

Amber keek glimlachend toe. Sinds zuster Speelman opa had wijsgemaakt dat Amber en Jade haar eigen nichtjes waren die niks met de oorlog te maken hadden, konden ze bij opa geen kwaad meer doen. En dat was wel zo gezellig.

Ambers blik dwaalde over de reling heen naar de intens blauwe zee. In de verte waren de contouren van een zonovergoten Caribisch eiland te zien. Goudgele stranden en wuivende palmbomen.

Ze had nooit gedacht dat een cruise zo leuk zou zijn. En het was helemaal super om met de hele familie van haar huwelijksreis te kunnen genieten.

Ze waren na het spetterende bruiloftsfeest met z'n allen in Amsterdam op de gigantische cruiseboot gestapt: opa en tante Frieda, zuster Speelman, zijzelf, Tom en de kinderen.

Alleen Jade had er niks in gezien om van Amsterdam naar Amerika te varen. "Al die dagen alleen maar water is echt niks voor mij. Ik pak gewoon de KL 627 naar Miami en dan ga ik lekker naast Peter op het strand liggen bakken tot jullie langsvaren.

Zouden jullie ook moeten doen trouwens. Al dat gezwets van opa over vliegangst is de grootste flauwekul."

En dus waren Jade en Peter pas vorige week in Miami aan boord gekomen.

"Volgens mij is va al aan zijn derde glas bezig," hoorde Amber de stem van tante Frieda achter zich zeggen. "De steward vult het steeds maar bij als het leeg is."

Amber draaide zich om en keek glimlachend naar Frieda, die een vrolijk gebloemde zomerjurk en bijpassende knalrode stilettohakken droeg. Het was opeens weer aan haar te zien dat ze vroeger ook model geweest was.

"Opa's cocktail is alcoholvrij, dat heb ik daarstraks tegen de steward gezegd. Dus het kan helemaal geen kwaad."

"Maar hij wordt er zo overdreven vrolijk van," bromde Frieda bezorgd. "Ik ken hem gewoon niet terug."

"Dat komt van de zon," verklaarde Amber. "We zijn immers allemaal in een opperbest humeur." Ze wees naar het eilandje in de verte. "Daar komt Aruba aan, kunnen we zo lekker met z'n allen in een hangmat onder een palmboom gaan liggen."

"Ik kan het niet vaak genoeg zeggen," zuchtte Frieda tevreden. "Ik vind het zo fantastisch dat jullie va en mij ook hebben uitgenodigd om mee te gaan op huwelijksreis. Zo'n cruise is altijd al een droom van me geweest."

"Het is u van harte gegund," lachte Amber. "Ik vind het supergezellig om weer familie te hebben."

Tante Frieda wees achter zich naar het zwembad waar Jade en Peter de grootste lol met de kinderen hadden.

"Wat zijn die twee daar leuk met Noortje en Reinier aan het stoeien. En Jade geeft de baby zwemles. Zo schattig." Ze kuchte kort en fluisterde: "Waarom heeft Jade eigenlijk geen kinderen? Kan ze die niet krijgen?"

"Jawel hoor, er is niks mis met Jade. Behalve haar nieren dan. Ze willen gewoon geen kinderen. Dat is niks voor haar."

Frieda schudde haar hoofd. "Als ik dat zo bekijk, vindt ze het geweldig leuk."

"Dat klopt, maar ze wil geen verplichtingen. Met mijn kinderen heeft ze geen lasten, maar alleen de lusten."

"Lusten," bromde opa. Hij nam nog een flinke slok uit zijn glas en begon krakerig te zingen. "Ik zou nog wel een borreltje lu... husten." Snel nam hij een volgende slok. "Holadiejee, holadijoo."

Frieda keek met samengeknepen ogen wantrouwend naar zijn drankje en stapte op hem af. "Laat mij eens proeven, va?"

Opa greep zijn glas nog steviger beet en drukte het tegen zijn borst. "Niks ervan. Dit is van mij."

"Oh oké," zei Frieda luchtig. "Dan zet ik het weer op het tafeltje. Kom maar." Met een geroutineerde beweging pakte ze het glas af en rook eraan. "Was dat die steward met die blonde krullen, die jij in je beste Engels verteld hebt dat va geen alcohol meer mocht?"

Amber knikte. "Ja, hoezo?"

"Maar die vent spreekt immers alleen maar Spaans."

"Oeps," schrok Amber. "Even vergeten. U bedoelt toch niet dat opa..."

"Rum," knikte Frieda en nipte aan het glas. "En niet zo'n klein beetje ook."

"Ik wil mijn bowwel twug," klaagde opa. "Het smaakt me goed."

"Ja, dat wil ik wel geloven," lachte Frieda. "Maar we gaan maar weer even op de limonade over, va. Dit is niet goed voor de nieren."

"Ik hou niet van limonade," pruttelde opa. "En met mijn niewen is niks mis. Die doen het al tweeëntachtig jaaw heel ewwug goed."

Op dat moment kwam zuster Speelman aangestapt. Ook zij droeg een luchtige zomerjurk en ze keek stralend om zich heen. "Wat is het hier toch prachtig. Vindt u ook niet, meneer Wilkens?"

Maar opa Wilkens zei niks terug. Die was door alle rum opeens in slaap gesukkeld.

"Ik breng de oude baas wel even naar zijn bed," zei zuster Speelman opgewekt. Ze haalde de rolstoel van de rem en liep zachtjes neuriënd met hem weg.

"Ik vind het zo lief van je dat zuster Speelman nou steeds voor vader zorgt," zei Frieda dankbaar.

"Ze mag hem graag," antwoordde Amber. "En we delen haar gewoon. Ze zorgt voor Michel en ze zorgt voor opa."

"Ja, maar jij betaalt haar. En eerlijk gezegd voel ik me af en toe best schuldig. Je bent zo lief voor ons en wij... wij hebben jullie destijds erg laten zitten."

"Dat is nou eenmaal zo gelopen," zei Amber luchtig. "Zit daar maar niet verder over in. Wij hebben een geweldige jeugd gehad bij tante Wies."

"Ik vind het toch ongelofelijk lief van je."

Frieda draaide haar blik naar de zee en een tijdje stonden ze zwijgend naast elkaar van het adembenemende uitzicht te genieten.

"Heb je al iets van de rechtbank gehoord?" verbrak Frieda uiteindelijk de stilte.

Amber knikte en haar ogen lichtten blij op. "Ja, er was vanmorgen eindelijk een mail van meester Antons. De kinderen komen weer definitief bij mij. Vincents vader heeft het geregeld, op voorwaarde dat zij als grootouders de kinderen mogen blijven zien."

"Wat vind ik dat fijn voor je," antwoordde Frieda en ze pakte Ambers hand.

"Vincent zit voorlopig kwijlend in een rolstoel, dus die kan toch niet meer voor ze zorgen." Amber zuchtte. "En Rosalinde heeft een scheiding aangevraagd, dus ja... Maar ik vind het wel ontzettend zielig voor hem. Zoiets gun je niemand."

"En je bent alweer vergeten wat hij jou allemaal heeft aangedaan." Frieda schudde glimlachend haar hoofd. "Je bent een schat, Amber."

"Helemaal met je eens, Frieda," hoorde Amber opeens Tom achter zich zeggen. "Voor mij is Amber de liefste vrouw van de hele wereld."

Hij knipoogde naar Frieda, die de hint meteen begreep. "Ik ga eens even een paar andere schoenen aantrekken. Hier kan ik straks aan de wal niet op lopen." Ze stak vrolijk haar hand op en wandelde weg.

Tom kwam naast Amber bij de reling staan en sloeg zijn arm om haar heen. "Ik heb ontzettend zin in je," fluisterde hij in haar oor. Ze keek naar hem op en zag de liefde in zijn ogen.

"Jade let op de kinderen," praatte Tom door. "Dus volgens mij mist niemand ons als we nog even naar onze hut gaan."

"Lijkt me een heel goed plan," lachte Amber.

En hand in hand liepen ze samen weg.

Een stralende toekomst tegemoet.

PSYQUIN INTERACTIEVE ZELFHULP

Last van faalangst? Slaap je slecht? Of pieker je net zoveel als Amber?

Psyquin bestaat écht en kan je helpen!

Psyquin is de echte naam van de eerste en enige interactieve zelfhulp website van Nederland.

Dankzij Psyquin krijg je op je eigen computer psychologische hulp op momenten die jou het beste uitkomen. In je eigen vertrouwde omgeving en volledig anoniem, dus zonder dat iemand het hoeft te weten. En ook nog voor een heel prettig prijsje.

Dus stop met piekeren en doe er wat aan!

Neem voor meer informatie een kijkje op www.psyquin.nl

ROMANS VAN ANITA VERKERK:

* Spetters & Schoenen
* Cheesecake & Kilts
* Sprong naar de liefde (Yes-special)
* Als een zandkorrel in de wind
* Vergeten schande
* Rowena
* Xandra
* Myrthe
* Jasmijn
* Heisa in Venetië
* Etage te huur (Chicklit Top 50 topper)
* Princess Flirt
* Leve de liefde!
* Lanzarote lover (Chicklit Top 50 topper)
* Het meisje in de rode jurk
* Romance in Toscane
* Gevaarlijke erfenis
* Heimwee naar Lanzarote

Moeders wil (dubbelroman)
* Als een zandkorrel in de wind
* Vergeten Schande

Amber Trilogie:
* Bedrogen liefde (Chicklit Top 50 topper)
* Een nieuwe toekomst
* Eindelijk gelukkig

DE VOLGENDE TITELS VERSCHENEN IN DE USA EN ZIJN UITSLUITEND VERKRIJGBAAR IN HET ENGELS:

* Legends of the Lowlands

* A Mysterious Knight

* The Enchanted Castle (winnaar Haunted Hearts wedstrijd)

* Lord of the Marsh

* Ice Maiden

* The Flying Dutchman

MEER LEZEN?

Uitgeverij Cupido publiceert heerlijke (ont)spannende liefdesromans, vrolijke chicklits en eigentijdse romantische familieromans.

Vrouwen van alle leeftijden kunnen genieten van onze Lekker-lui-lezen-romans, die uitsluitend geschreven worden door vrouwelijke Nederlandse top-auteurs.

Onze boeken hebben allemaal een positieve en vrolijke kijk op het leven en natuurlijk is er altijd een Happy Ending. Want iedere vrouw houdt diep in haar hart van romantiek, maar dat schiet er in het drukke leven van alledag weleens bij in.

Lekker languit op de bank of ondergedompeld in een warm bad even heerlijk wegdromen met een goedgeschreven boek vol humor en romantiek...
Zo kun je ontspannen en jezelf weer opladen voor de drukke dag van morgen.

** Voor leesbrilhaters en vrouwen die het wat minder kunnen zien, verschijnen onze boeken ook in een mooie gebonden grote-letter-editie.

** Daarnaast hebben we ook een groeiende serie e-pubs.

Meer informatie op www.uitgeverijcupido.nl

Bouzouki Boogie – Wilma Hollander

Reisjournaliste Emily Lensinck moet samen met een sacherijnige fotograaf en een koepeltentje naar de woeste Griekse bergen om een reportage te maken over een geheimzinnige zigeunerstam.

Buitenbeentjes – Sandra Berg

Sophie reist naar Zweden om haar excentrieke moeder te bezoeken die ze al erg lang niet meer heeft gezien. Maar het weerzien verloopt heel anders dan verwacht…

Zomerdroom – Wilma Hollander

In het zonnige Griekenland raken Sofie en Marleen betrokken bij een geheimzinnige moord in een romantisch Grieks bergdorpje. Als dan ook de liefde om de hoek komt kijken, verandert hun leven al snel in een adembenemende, zinderende zomerdroom…

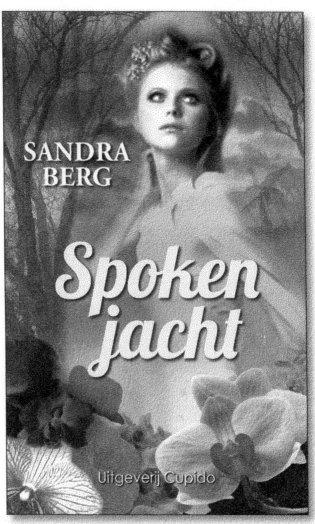

SANDRA
BERG

Spoken
jacht

Uitgeverij Cupido

Spokenjacht – Sandra Berg

Als begrafenisondernemer Liselot overspannen raakt van haar
werk boekt haar vriendin Hilke een rondreis langs een serie eeu-
wenoude Engelse spookhuizen:…